HEYNE BÜCHER

In der Perry-Rhodan-Reihe sind
als Heyne-Taschenbücher erschienen:

Planet der Mock · Band 16/1
Der große Denker von Gol
Band 16/2
Schatzkammer der Sterne
Band 16/3
Sturz in die Ewigkeit · Band 16/4
Die verhängnisvolle Expedition
Band 16/5
Die Tochter des Roboters
Band 16/6
Die Zeitspringer · Band 16/7
Am Rand des blauen Nebels
Band 16/8
Invasion der Puppen · Band 16/9
Die goldenen Menschen
Band 16/10
Im Zentrum der Galaxis
Band 16/11
Die Parasklaven · Band 16/12
Sternkolonie Troja · Band 16/13
Die Nacht des violetten Mondes
Band 16/14
Ich, Rhodans Mörder · Band 16/15
Phantom-Station · Band 16/16
Der Flug der Millionäre
Band 16/17
Raumkapitän Nelson · Band 16/18
Die Zone des Schreckens
Band 16/19
Das Gesetz der gläsernen Vögel
Band 16/20
Das tödliche Paradies · Band 16/21
Der Geisteragent aus dem All
Band 16/22
Der Einsame von Terra
Band 16/23
Baumeister des Kosmos
Band 16/24
Ins Weltall entführt · Band 16/25
Fischer des Universums
Band 16/26
Ein Teil der Ewigkeit · Band 16/27
Gucky und die Mordwespen
Band 16/28
Die Fremden aus dem Mikronebel
Band 16/29
Der Schlüssel zur anderen Welt
Band 16/30
Die Spur nach Andromeda
Band 16/31
Terra in Trance · Band 16/368
Das Aralon-Komplott
Band 16/369
Welt der Prospektoren · Band 16/370
Luminia ruft · Band 16/371
Das Gremium der Vier · Band 16/372
Deserteur der USO · Band 16/373
Die Wurzeln des Todes
Band 16/374
Halo 1146 · Band 16/375
Die Toleranz-Revolution
Band 16/376
Tränen vom Himmel · Band 16/377
Die Elixiere von Chubbid
Band 16/378
Sturm der neuen Zeit · Band 16/379
Als die Kröten kamen · Band 16/380
Verlorenes Leben · Band 16/381
Das sterbende Imperium
Band 16/382
ELOHIM II . Band 16/383
Das Bermuda-Loch · Band 16/384
Eisige Zukunft · Band 16/385
Welt über den Wolken
Band 16/386
Hölle hoch vier · Band 16/387
Galaktische Rache · Band 16/388
Schach den Cantaro · Band 16/389
Das hohle Paradies · Band 16/390
Im Nichts gestrandet · Band 16/391
Psychospiel · Band 16/392
Atlans Todfeinde · Band 16/393
Der Moloch · Band 16/394
Testflug · Band 16/395
Für Arkons Ehre · Band 16/396
Duell in Terrania · Band 16/397
Der Nirwana-Teleporter
Band 16/398
Kampf des Jahrtausends
Band 16/399

Perry Rhodan

GESÄNGE AUS DER UNTERWELT

Im Krisenzentrum Geel-Shahan – ein Fall für Orpheus Chambers

Ein Science-Fiction-Krimi von

PETER TERRID

Originalausgabe

WILHELM HEYNE VERLAG
MÜNCHEN

PERRY RHODAN
Nr. 16/400

Umwelthinweis:
Dieses Buch wurde auf
chlor- und säurefreiem Papier gedruckt.

Redaktion: Klaus N. Frick

Wilhelm Heyne Verlag GmbH & Co. KG, München
Printed in France 1996
Umschlagillustration: Alfred Kelsner, Bünde
Umschlaggestaltung: Atelier Ingrid Schütz, München
Satz: Franzis-Druck GmbH, München
Druck und Bindung: Brodard & Taupin

ISBN: 3-453-09863-3

1.

Terra, Solsystem, September 1222
Neuer Galaktischer Zeitrechnung

Das Gemeine mit diesen Trivideo-Streifen ist, daß sie immer nur so tun, als wären sie wirklich dreidimensional. In Wirklichkeit ist das eigentliche Bild flach wie ein Gemälde. Gewiß, man hat den Eindruck, als sähe man das Geschehen gleichsam aus nächster Nachbarschaft, so, als würde man aus dem Fenster gucken. Aber wenn man näher herangeht, wird einem klar, daß es eben doch nur eine Projektion ist.

Der Streifen war eigentlich miserabel, eine wüste Zukunfts-Kriminalgeschichte. Da geht es natürlich nicht mehr darum, nur einfach ein Verbrechen aufzuklären; es muß jedesmal das halbe Universum in Gefahr sein und am Schluß gerettet werden. Mal ehrlich: Wer möchte schon mit einer Frau oder einem Mann zusammenleben, der sich damit brüsten kann, zahlreiche Planeten mit zahllosen Milliarden von Lebewesen vor teuflisch raffinierten Anschlägen irgendwelcher Fieslinge gerettet zu haben? Gar so raffiniert sind die Machenschaften selbstverständlich nicht, schließlich muß das geschätzte Publikum sie auch kapieren können.

Ebenso selbstverständlich, daß zu einem solchen Streifen eine Heldin oder ein Held gehört, meist beides, die so klug und schön sind, daß es den Göttern im Olymp die Sprache verschlagen hätte.

In diesem Fall hieß der Streifen reißerisch *Todesröcheln aus dem Sternenschlund*. Eine Heldin war zuständig, eine ungemein Appetitliche um die fünfzig. Samtene braune

Haut, wie man sie bei vielen Plophosern findet; grünliche Mandelaugen. Die waren schöner als meine, aber dafür konnte ich mit meinen künstlichen Sehorganen mühelos erkennen, daß bei der Formgestaltung ein exzellenter Chirurg nachgeholfen hatte: Die winzigen Narben waren gut auszumachen. Die Heldin hatte rötliche Haare, schulterlang und vermutlich gefärbt, eine Intelligenz, die NATHAN verblüfft hätte, und dazu Kurven …

Ich war aufgestanden und hatte mich der Projektionswand genähert, auf der rechten Seite. Die Schöne saß mit dem Rücken zu mir auf einem Foltergestell und wurde gerade von dem Oberbösen verhört, der sie mit Martern aller Arten zu traktieren versprach. Die Süße zappelte und keuchte, und ich hatte vor, gewissermaßen schräg von der Seite schielend, nachzuprüfen, ob sie tatsächlich so schwer atmete. Wäre die Darstellung wirklich dreidimensional gewesen, dann hätte ich rechts von der Kante her ihre Atmung überprüfen können. Groß genug war das Dekolleté dafür …

Genau in diesem Augenblick begann rechts oben ein Symbol zu blinken. Ich wurde angerufen. Ich werde *immer* in solchen Augenblicken angerufen. Woher wissen die Leute nur, in genau welchem Augenblick sie mit ihrem Kommunikationsbedürfnis am meisten stören?

»Kennung!« verlangte ich vom Syntron. Das Symbol verschwand und machte einer schriftlichen Mitteilung Platz.

Ich stieß eine Verwünschung aus.

Von allen Menschen, die ich kannte, wollte ich von diesem am wenigsten gestört werden. Ich mochte diesen Geo Sheremdoc einfach nicht. Gut, er war Kommissar der Liga Freier Terraner, so etwas wie ein Notstandsspezialist mit besonderen Vollmachten und damit eine der einflußreichsten Persönlichkeiten Terras, aber das hieß nicht, daß er mir sympathisch zu sein hatte.

Im nächsten Augenblick war prompt seine Stimme zu hören.

»Melde dich, Chambers, ich weiß, daß du zu Hause bist!«

Höflich wie immer, der Kerl.

»Umschalten auf Großprojektion! Film im Ausschnitt stoppen!«

Die Syntronik meiner Behausung reagierte wie befohlen. Die winselnde Plophoserin rutschte verkleinert in die linke untere Ecke und verharrte dort atemlos, dafür wurde die Wand meines Wohnzimmers vom überlebensgroßen Abbild Geo Sheremdocs eingenommen. Er lächelte nicht. Wahrscheinlich hat er nicht einmal als Säugling gelächelt.

»Ich grüße dich, Orpheus Chambers«, übte er sich in formeller Höflichkeit.

»Ich grüße dich auch«, gab ich zurück und ließ mich in meinen Sessel fallen. Das Möbel knirschte leise, Sheremdoc wölbte die rechte Braue.

»Alles schon ausgegeben?« erkundigte er sich sarkastisch. »Reicht es nicht einmal mehr für einen modernen Pneumosessel?«

Ich hatte die Beine unter den Bauch geschlagen und hockte in dem Möbel wie ein Buddha. Allerdings kannte ich keine Statue des Erleuchteten, in deren rechter Hand ein Glas mit Whisky gesteckt hätte. Und meist war Buddha rasiert und trug keinen alten Morgenmantel mit ein paar Essensflecken darauf.

»Du hättest mich in meinem Büro anrufen sollen«, grollte ich ihn an. »Wer mich privat stört, der muß mich eben so nehmen, wie ich bin.«

»Dein Büroanschluß ist gesperrt«, konterte Sheremdoc. »Vermutlich hast du die Gebühren nicht bezahlt.«

Wollte er mir jetzt einen Vortrag über Zahlungsmoral und sinnvolle Geldanlage halten? Die paar Hunderttausend Galax, die er mir – zähneknirschend, was für ein erhebender Anblick – nach unserem ersten *und einzigen* Handel hatte zahlen müssen, hatte ich umsichtig angelegt. Zum Teil in hochwertige Spirituosen, ein bißchen Geist muß schließlich sein, und wenn es Weingeist ist, zum Teil hatte ich mich als Sportsponsor betätigt und bei den verdammten Rennen eine Menge gutes Geld verloren. Wahrscheinlich wußte Sheremdoc das, aber er wußte nicht, daß er mich mit Geld nicht würde ködern können. Noch war mir genug geblieben, um davon zwei Jahrzehnte lang feucht und fröhlich leben zu können; was brauchte ich mehr?

»Weswegen störst du mich?« blaffte ich ihn an. »Ich hatte gerade einen Schulungsfilm laufen.«

Er hatte die Frechheit, mich sarkastisch anzugrinsen. Er lächelte nicht, aber boshaft grinsen konnte er hervorragend.

»Was könnte man dir noch beibringen?« erkundigte er sich, ohne das Thema zu vertiefen. Möglich, daß er mich für ein Genie hielt, das nichts mehr zu lernen brauchte, möglich, daß er mich für einen Trottel hielt, dem man ohnehin nichts mehr beibringen konnte – wahrscheinlicher war die zweite Möglichkeit.

»Komm endlich zur Sache«, forderte ich ihn auf und nahm einen kräftigen Schluck aus meinem Glas. Anschließend atmete ich deutlich in seine Richtung. Es gibt Geräte, die auch zur Sendung passende Gerüche absondern konnte, aber ich hasse diese Dinger. Nach einer Werbeunterbrechung riecht es dann meist wie in einem gutbeleumundeten Bordell auf Lepso. Sheremdoc würde meine Fahne nicht schnuppern können, aber er hatte mitbekommen, wie es gemeint war.

Er stieß einen Seufzer aus. »Wir brauchen dich«, gab er dann zu.

Ich entfaltete meine Beine und streckte mich lang und

behaglich in meinem Sessel aus. Da der Morgenmantel ohnehin bis zum Bauchnabel offenstand, zögerte ich nicht, mich genußvoll am Bauch zu kratzen.

»Sieh an«, gab ich in philosophischer Abgeklärtheit zurück, genoß erst einmal die Situation. »Ist die Liga Freier Terraner wieder einmal in Not?«

»Die Sache ist nicht spaßig«, knurrte Geo Sheremdoc. »Ganz und gar nicht.«

Ich griente ihn an. »Es gibt nichts, worüber man nicht ein paar schlechte Witze machen könnte«, sagte ich. »Dich wahrscheinlich ausgenommen.«

Er hielt für eine halbe Minute den Mund, was mir Gelegenheit gab, ihn genauer anzusehen. Sonderlich groß war er nicht, knapp über einsachtzig, für einen Mann knapp über hundert sah er ganz brauchbar aus, eher zäh und drahtig als kraftvoll und muskulös. Ich hätte gern gewußt, ob sein vollkommen kahler Schädel auf Haarausfall zurückzuführen war oder seinen Grund darin hatte, daß er keine Lust hatte, sich jeden Morgen zu frisieren. Letzteres konnte ich nachvollziehen, ich hielt auch nicht viel von Kamm und Bürste. Von Enthaarungscremes allerdings ebensowenig.

Geo Sheremdoc machte das Gesicht, für das er bekannt war. Er wirkte verkniffen, fast schon stur, wie eine Mischung aus Asket und Fanatiker – und das waren die schlimmsten Zeitgenossen von allen. Sein Kinn war trotzig und kampfbereit nach vorn gereckt. Die Falten von der Nasenwurzel zu den Mundwinkeln hatten sich seit unserem letzten Zusammentreffen vertieft: Sorgen oder Magengeschwüre.

»Vergessen wir's«, hörte ich ihn murmeln, aber so billig kam er mir nicht weg. Ich wollte wenigstens wissen, was ihn bedrückte, das machte die Schadenfreude größer.

»Nicht so schnell«, bat ich eilig. »Du hast mir noch

nicht gesagt, wozu du mich haben willst. Die Hamamesch sind weg, ihre hübschen Spielzeuge auch ...«

»Aber ihr Erbe ist uns geblieben ...«, knurrte Sheremdoc.

Ich werde diese meine Memoiren posthum herausgeben lassen, also erst im vierzehnten Jahrhundert NGZ, deshalb sei kurz daran erinnert, wer und was die Hamamesch waren und was sie veranstaltet hatten.

Sie stammten aus der Galaxis Hirdobaan, weit draußen im Universum, so weit draußen, daß nur Narren, Halunken oder ein Perry Rhodan jemals auf die Idee kommen würden, eine so weite Reise zu machen. Schlappe 118 Millionen Lichtjahre. Die Hamamesch stammten genetisch von Fischen ab und waren mit Fischen verwandt, so wie wir klugen Menschen mit den weitaus klügeren Affen verwandt sind, die immer an der frischen Luft leben, sich äußerst gesund von Früchten ernähren und weder Raumfahrt noch einen Kater kennen. Beneidenswerte Geschöpfe. Die Hamamesch gehörten zur Schar der Halunken – vielleicht nicht alle, aber wenigstens diejenigen, die uns vor einigen Jahren mit ihren riesigen Handelsstationen einen Besuch in unserer Milchstraße abgestattet hatten. Auf diesen sogenannten Basaren, so groß wie mittlere Monde, hatten sie den unglaublichsten Krempel und wollten ihn tauschen. Geld wollten sie nicht – nur ein bißchen Spitzentechnologie: Energieerzeuger, Syntroniken, Waffen und allerlei anderes wertvolles Zeug mit vielen Knöpfen und Schaltern daran.

Normalerweise wäre kein Galaktiker so dämlich gewesen, sich auf diesen absurden Tauschhandel einzulassen, aber die Hamamesch-Waren hatten es in sich gehabt. Ein Blick eines potentiellen Kunden hatte genügt – und dann war es um ihn geschehen gewesen. Die Fachleute hatten diese besondere Eigenschaft der

Hamamesch-Waren als psionischen Imprint bezeichnet, eine hochtrabende Umschreibung für die Tatsache, daß sie in Wirklichkeit keine Ahnung gehabt hatten. Jedenfalls war dieses Zeug suchterzeugender gewesen als der übelste Stoff, der je auf Lepso gehandelt worden war. Die Menschen, auch Topsider, selbst Moofs, waren wie verrückt hinter solchen Imprint-Waren her gewesen und hatten alles geopfert, um solch ein Ding eintauschen zu können. Nachdem die Hamamesch etliche Milliarden Galaktiker auf diese Weise ausgeplündert hatten, waren sie mit ihrer Beute abgezogen. Ihre Waren hatten nach kurzer Zeit den besonderen ›Kick‹ verloren – und nur die Imprint-Sucht zurückgelassen.

Nach meinem Wissensstand hatten sich daraufhin etliche Millionen total durchgeknallter Freaks mit allem, was durch den Raum fliegen konnte, auf den Weg nach Hirdobaan gemacht – ein Flug, der schätzungsweise zwei Jahre dauern würde, falls sie überhaupt je ankamen. Einige Zeit später hatten die Galaktiker eine Hilfsflotte hinterher geschickt, ausschließlich mit Blues bemannt, weil die seltsamerweise gegen Imprint-Sucht gefeit waren.

Was aus beiden Flotten geworden war, wußte offenbar niemand. Wahrscheinlich würden in ein paar Monaten einige wenige Schiffe mit Überlebenden ankommen, mehr schien mir nicht möglich zu sein. Immerhin lag Hirdobaan ein wenig abseits der Flugroute, die Perry Rhodan, Atlan und die anderen Unsterblichen mit ihren Zellaktivatoren auf ihrem Trip mit der BASIS zur Großen Leere und zurück hatten abfliegen müssen. Natürlich hoffte jedermann, daß der Große Rhodan so nebenbei auch dieses Problem lösen würde.

Ich für meinen Teil hoffte, daß Rhodan verschollen bleiben würde und seine Kumpane mit ihm; ich mag diese Unsterblichen nicht, in meinen Augen sind es Monstrositäten.

»Wo ist das Problem?« fragte ich. »Die Süchtigen habt ihr inzwischen hübsch in irgendwelchen Anstalten verschwinden lassen, wo sie mit modernen Drogen ruhiggestellt werden. Rhodan ist weit weg, ihr könnt weitermachen wie bisher. Was also liegt an?«

»Ist dir gar nichts heilig?«

»Gar nichts würde ich nicht sagen«, antwortete ich und rieb mir den Bauch. »Ich habe eine ungeheure Hochachtung vor mir selbst, beispielsweise.«

»Der Idealfall einer Religion mit einem Gott und einem Gläubigen, und dazu beides in einer Person«, spottete Sheremdoc.

»Sprich sanfter mit mir, sonst breche ich das Gespräch ab«, drohte ich. »Und hör auf, um den heißen Brei herumzuschleichen. Wozu brauchst du ein kriminalistisches Genie wie mich? Warum rufst du nicht diese fantastische Ermittlerin namens Lhoreda Machecoul? Die Frau soll toll sein in ihrem Beruf.«

»Sie ist anderweitig beschäftigt«, informierte mich Sheremdoc. »Mit Erziehungsaufgaben. Sagt dir der Name Shahan etwas?«

Ich dachte nach und schüttelte den Kopf.

»Shahan ist eine Welt im Chorwan-System«, klärte mich Geo Sheremdoc auf. »Das System liegt irgendwo zwischen unserer Einflußsphäre und der von Arkon. Ursprünglich war es eine Arkon-Welt, jetzt ist sie in unserem Besitz.«

»Ich gratuliere«, spottete ich und füllte mein Glas nach. Menschen wie Sheremdoc kann ich nüchtern nicht ertragen; betrunken wirkt er zwar nicht viel netter, aber dann macht es mir weniger aus.

»Auf Shahan haben wir einige hunderttausend Galaktiker aus allen Völkern untergebracht«, fuhr Geo Sheremdoc fort. Ich sah ihm an, wie schwer es ihm fiel, darüber zu reden. Vor allem mit mir. Er mochte mich so wenig wie ich ihn, und er wußte, daß ich ihn nicht mochte; und daß ich auch ebenso wußte, daß er mich nicht mochte. In dieser Beziehung waren wir wie gewisse Eheleute, einander verbunden durch gegenseitige Abneigung.

»Untergebracht?« hakte ich nach. Das klang nicht sonderlich freundlich, eher nach ›interniert‹.

»Gewissermaßen interniert«, gab Sheremdoc auch prompt zu. »Allerdings auf freiwilliger Basis. Diese Leute haben zwei Sachen gemeinsam – zum einen handelt es sich um Imprint-Süchtige, zum anderen haben sie vor ihrer Sucht wichtige Positionen bekleidet, in der Verwaltung, in der Forschung, in sicherheitsrelevanten Positionen. Du verstehst?«

Ich mag diesen Politikerjargon nicht: ›sicherheitsrelevant‹. Brrr! Aber ich hatte verstanden.

»Leute, die in ihrem derzeitigen Zustand niemand in die Finger bekommen soll?« vermutete ich.

»Genau so ist es«, stimmte Geo Sheremdoc zu. »In ihrem gegenwärtigen Zustand sind diese Galaktiker nicht Herren ihres Verstandes. Agenten feindlicher Mächte könnten sie in dieser Verfassung unter Druck setzen, manipulieren oder sich sonstwie dienstbar machen. Deswegen haben wir diese Leute gewissermaßen isoliert.«

»Hoffentlich nicht bei Wasser und Brot«, sagte ich und streichelte meinen Bauch.

Geo Sheremdocs Kopf war in dieser Projektion fast zwei Meter groß und entsprechend breit. Ungefähr so mußte sich ein Neugeborenes fühlen, wenn es von seinem Vater angestarrt wurde. Und Sheremdoc hatte einen sehr strengen väterlichen Blick.

»Es gibt gewisse Menschen, denen eine Diät von Wasser und Brot durchaus nicht schaden würde«, bemerkte er halblaut, begleitet von einem anzüglichen Blick auf meinen Bauch. Im Nabel klebte noch ein krümeliger gelber Rest vom Frühstücksei.

»Spar dir deine Bemerkungen«, wies ich ihn zurück. Natürlich hatte ich nicht die geringste Lust, mich von ihm zu einem Job anheuern zu lassen. Aufträge, die ein Sheremdoc vergab, waren in der Regel mit Unannehmlichkeiten verbunden, mit knapper Nahrung, Alkoholentzug und Lebensgefahr. Letzteres hätte ich zu ertragen vermocht. Ich genoß das Gespräch. Einen Burschen wie Sheremdoc in der Rolle eines Bittstellers zu sehen, war ein tiefer Genuß für mich, der ich von allem, was nach Staatsgewalt und Behörden schmeckte, schon immer nur Widerwärtigkeiten erfahren hatte. Und in dieser Minute war Geo Sheremdoc ein Bittsteller. Er brauchte mich, ich konnte es ihm ansehen. Wie er das Gesicht verzog und heftig schluckte. Oh ja, es ging ihm ganz und gar gegen den Strich, sich mit mir abgeben zu müssen. Noch ahnte er nicht, daß er in *jedem* Fall eine Abfuhr von mir bekommen würde.

»Shahan ist eine sehr schöne Welt«, klärte Geo Sheremdoc mich auf. »Eine ehemalige Ferienwelt für die hohen Imperatoren von Arkon. Landschaftlich sehr reizvoll, mit einem wunderbaren Klima, prachtvollen Stränden ... Es wird dir dort gefallen.«

»Noch weiß ich nicht, was ich unter all diesen Süchtigen soll? Drehen sie durch?«

Sheremdoc schüttelte den Kopf.

»Nein«, antwortete er grimmig. »Es geht unseren Leuten dort sehr gut. Sie führen ein friedliches Leben auf sehr hohem Niveau. Luxuriös, sozusagen, genau das Richtige für dich.«

Wußte er, daß das Wort *luxuriös* eigentlich aus dem Französischen stammte und in Wirklichkeit soviel wie *wollüstig* bedeutete? Mit Fremdworten ist es so eine Sache ...

»Noch sehe ich mich nicht dort«, sagte ich zwischen zwei Schlucken. Der Whisky wurde langsam warm. »Erstens weiß ich nicht, was ich dort sollte. Und zudem fehlt es mir am nötigen Kleingeld, um mich unter luxuriösen Süchtigen zu bewegen.«

Sheremdocs Grinsen verriet, daß er nun glaubte, mich da zu haben, wo er mich hatte haben wollen. Geld, angeblich meine schwache Seite. Unsinn, eine Kugel hat keine schwache Seite.

»Wir werden die Kosten tragen«, versprach er.

Ich grinste schäbig. »Unterkunft und Verpflegung?« schätze ich.

»Und ein reichlich bemessenes Taschengeld«, ergänzte er, als betriebe er Reklame für ein Preisrätsel. »Abgesehen von der Prämie, falls du erfolgreich bist.«

Er lockte vergebens. Ich hatte keinerlei Lust, meine Haare oder noch mehr für ihn zu riskieren.

»Und an was für eine Art von Erfolg denkst du?« forschte ich weiter.

Sheremdocs Miene verdüsterte sich. »Es hat auf Shahan einen Mord gegeben«, gab er bekannt.

Ich pfiff leise durch die Zähne. Die Lücke im rechten Unterkiefer ließ den Pfiff allerdings noch leiser ausfallen, als ich gewollt hatte.

Mord also ...

Im Gegensatz zur Trividwelt, in der man ständig über Leichen stolpert, die meist nackt und weiblich sind, wie früher auch, gibt es im wirklichen Leben des dreizehnten Jahrhunderts Neuer Galaktischer Zeitrechnung – also im neunundvierzigsten Jahrhundert der alten Zeitrechnung – Morde nur sehr selten. Man muß als Detektiv schon sehr viel Glück haben, um in einen Mordfall verwickelt zu werden. Die Sache hatte also etwas Verlockendes.

»Darf ich Einzelheiten wissen?«

»Erst nach deiner Zusage«, konterte Sheremdoc. Blöde war er nicht. Er wußte, daß mich die Sache reizte.

»Kriege ich die Rechte an der Story?« wollte ich wissen.

»Rechte?« Er starrte mich ziemlich entgeistert an.

»Urheberrechte«, klärte ich ihn auf. »Ich mache vielleicht einen Roman daraus. Oder ein Bühnenstück, vielleicht ein Musical. Und natürlich alle Nebenrechte wie Verfilmung, Vertonung, Kartenspiele, Brettspiele, Buttons und andere Anstecker, der ganze Kram also.«

»Selbstverständlich nicht«, sagte Sheremdoc trocken. »Die Sache muß strikt vertraulich behandelt werden. Geheimhaltung, du verstehst?«

»Ich verstehe, daß für mich nichts drin ist«, gab ich zurück. Verflixt, das Glas war leer, und ich hatte keine Lust aufzustehen. Dieser Mann bereitete mir ununterbrochen Verdruß.

Urplötzlich wechselte Sheremdoc das Thema.

»Wie geht es deiner kleinen Freundin?« erkundigte er sich.

Ich hätte ihm am liebsten das leere Glas an den Kopf geworfen. Das also war der Haken, den ich schlucken sollte. Dieser niederträchtige Mistkerl!

Auf dem Höhepunkt des Theaters um die sogenannten Digital-Gespenster, in das niemand anderes als Geo Sheremdoc mich hineingestoßen hatte, hatte ich die Bekanntschaft eines Mädchens gemacht. Valerie Grath hieß die Kleine, sie war zwölf Jahre alt und inzwischen wahrscheinlich Vollwaise. Ihre Eltern waren imprint-süchtig geworden und hatten sich, wie ich in Erfahrung gebracht hatte, mit der Flotte der anderen Junkies nach Hirdobaan abgesetzt. Im letzten Augenblick hatte die Mutter den Fehler begangen, ihrer Tochter ihre neue Erwerbung zu zeigen, ein Etwas, das von Valerie als ›roter Plonk‹ bezeichnet wurde –

und natürlich hatte die Imprint-Sucht auch das kleine Mädchen befallen.

Seither hatte ich mich, so gut es ging, um die Kleine gekümmert, und Sheremdoc schien das zu wissen.

»Was geht dich mein Privatleben an?« fauchte ich und zog unwillkürlich den Morgenmantel zusammen.

»Nichts«, sagte Sheremdoc zynisch. »Ich amüsiere mich nur darüber, daß ein Ekelpaket wie du so fürsorglich sein kann. Ich habe dir einen Vorschlag zu machen.«

Er hatte mich. Er sollte im Inneren einer explodierenden Supernova schmoren, dieser Hund.

»Laß hören«, knurrte ich.

»Wir werden auf Shahan einen Platz für Valerie besorgen, und du wirst als ihre Begleitperson dort auftauchen. Die nötigen Dokumente verschaffen wir dir – daß du der Onkel des Mädchens bist oder ihr Vormund, jedenfalls eine unverdächtige Tarnung. Du ermittelst und spürst den Täter oder die Täterin auf, gegen entsprechendes Honorar, versteht sich.«

»Und wenn ich ablehne, bleibt die Kleine in der gottverdammten Klinik? Könnt ihr dem Mädchen dort wenigstens helfen?«

»Heilen können wir die Sucht nicht«, sagte Sheremdoc offen. »Aber sie wird es dort viel besser haben als die Mehrzahl aller anderen Süchtigen.«

»Das ist Erpressung!« stieß ich hervor.

»*Was für ein hartes Wort …*« hatte Sheremdoc nach dem üblichen Drehbuchschema zu sagen.

»Völlig richtig«, stimmte er mir zu; sein Gesicht wurde wieder hart. »Es mag dir zeigen, wie dringlich die Sache ist. Also?«

Ich nickte langsam.

Er hatte mir keine andere Wahl gelassen. Warum nur bin ich so ungeheuer sentimental und weichherzig?

2.

Arkon I, die sogenannte Kristallwelt,
Arkon-System, im Jahre 13.486 von Arkon

Yobilyn IV. aus dem Geschlecht derer von Quertamagin, Imperator des Großen Imperiums von Arkon, hatte die Augen geschlossen und den Kopf auf die rechte Handfläche gestemmt. Er lauschte, nickte dann langsam.

»Sehr gut«, sagte er leise, ohne die Augen zu öffnen. »Wirklich sehr gut, Moraynir.«

Der Hofkomponist und Oberste Musikant des Erhabenen verzog keine Miene. Durch die Halle rauschten seine Klänge, sanft wogende Tonfluten, die sich an den Wänden brachen, zurückgeworfen wurden und sich mit dem Originalklang vereinigten. Die Musik schien somit aus allen Richtungen zugleich zu kommen. Sie atmete, schwang ruhig und friedensspendend durch den Raum.

»Ganz ausgezeichnet«, kommentierte der Imperator und richtete sich auf. »Wie heißt das Stück?«

»*Schwebende Welten V*, Erhabenheit«, antwortete Moraynir sofort. »Ich habe mir erlaubt, es untertänigst Eurer tausendohrigen, alleshörenden Erhabenheit zu widmen.«

Yobilyn zwinkerte verblüfft. »Widmen? Wozu widmen?«

Der Oberste Musikus erstarrte leicht. Das Mißfallen des Imperators konnte einen Künstler oder Dienstboten Ehre, Ruhm, Stellung und Gehalt kosten, manches Mal auch den Kopf.

»Ich gedachte bei der Veröffentlichung …«

Yobilyn machte eine abwehrende Geste.

»Nichts da«, entschied er in rauhem Tonfall. »Musik für die Ohren des Imperators braucht sonst niemand zu hören. Dieses Werk gehört mir ganz allein, verstehst du, Moraynir? Niemand sonst wird es jemals zu hören bekommen? Für ewig und alle Zeiten!«

»Wie Eure Erhabenheit es wünscht!« Moraynir begleitete seine Worte mit einer Geste der Unterwerfung.

»*Schwebende Welten* ...«, murmelte der Imperator versonnen.

Breit und massig von Gestalt, ein Muster praller Leibesfülle, so lag er in seinem Thron. Yobilyn IV. galt als Freund und Förderer der schönen Künste, als ein Mann, der das Leben zu nehmen verstand und seine Genüsse voll Behagen in sich aufnahm. Ein Schöngeist, Feinschmecker, Literaturkenner und Musikfreund; auch weibliche Schönheit hatte es ihm angetan und wurde mit gleichem Eifer von ihm gesammelt.

»Wie hast du das gemacht?« wollte der Imperator wissen. »Diese Klänge ... Ich kann das Instrument nicht erkennen. Eine dranurische Ombute?«

»Das Gehör Eurer Erhabenheit ist nicht zu täuschen«, wieselte der Komponist mit Worten. »Sehr richtig, auch dieses Instrument ist dabei. Ich habe mir aber erlaubt, den Klang etwas naturnäher zu gestalten.«

»*Schwebende Welten,* hmmm.« Der Imperator dachte nach. Moraynir wußte, daß zwei Räume weiter Botschafter zahlreicher Welten auf Audienz warteten. Für das Regieren eines Sternenimperiums von der Größe des arkonidischen brachte der Imperator nur wenig Energie auf; diese Arbeit überließ er seinem Nachfolger, dem designierten Kristallprinzen.

»Wenn ich das richtig höre ...«, dachte Yobilyn halblaut nach, »hast du versucht, das Wesen der Natur in Klänge zu fassen.«

»Sehr richtig, Eure Erhabenheit. Wenn man diesem Klang das äußerste Maß an technischer Fertigkeit und Künstlichkeit verleiht, muß die Musik sich zwangsläufig wieder der Natur annähern, aber in einer neuen, künstlerisch überhöhten Form. Sie muß das Wesen des Hörers erfassen und durchdringen, so wie es die Natur selbst tut.«

»Ein interessanter Ansatz«, gab der Imperator zu. »Wenn ich die Augen schließe und lausche, sehe ich Sonnen lodern, umschwirrt von Planeten. Ich sehe den Glanz der Sterne, das gewaltige Gebilde unserer Galaxie, so deutlich, als könnte ich es mit Händen greifen.«

»Dies ist dann der nächste Schritt, Erhabener«, ließ sich Moraynir zögernd vernehmen.

»Der nächste Schritt? Ist diese Musik denn nicht vollendet?«

»Das einzelne Stück vielleicht, Erhabener, aber nicht die Arbeit, zu der Ihr mich inspiriert habt. Gewiß, diese Klänge drücken das Wesen der Natur in einigen Teilaspekten aus, aber noch ist die Abbildung äußerst unvollkommen. Eine Sprache des Wohlklangs, aber bisher nur mit wenigen Worten ...«

Er verstummte vorsichtig und legte den Kopf schräg. Der Imperator lächelte verhalten.

Es gab eine seit langem populäre These, wonach bedeutende Künstler erst durch ein Leben voller Entbehrung und Mißgeschicke auf die Höhe ihrer Kunst gebracht wurden. Materielle Not spornte sie erst wirklich an, Enttäuschungen in der Liebe, und als besonders förderlich galten körperliche Mängel, Häßlichkeit oder Gebrechen.

Nichts von dem traf auf Moraynir zu. Er war jung und er war schön; Yobilyn wußte auch dies als Kenner einzuschätzen. Schlank und hochgewachsen, das weißblonde Haar übergossen mit einem silbrigen Glanz, die Augen in einem tiefen, beinahe glutenden Rot, feingeschnittene Gesichtszüge; Abkömmling eines uralten Geschlechts, das sich größter Macht und unerschöpflichen Reichtums rühmen konnte, erstklassig erzogen, Musterschüler der berühmten galaktonautischen Akademie von Iprase; umfassend gebildet und Schwarm zahlreicher Frauen: das war Moraynir von Yeran.

Und er war klug. Er wußte, daß er auf die Inspirationen durch die Erhabenheit zu warten hatte. Es ziemte sich nicht, in Gegenwart des Imperators die eigene Fertigkeit herauszustreichen. Der Imperator allein gab die Impulse, er bestimmte die Leitlinien der Kunst wie die der Macht. Man übertrug was er anregte oder befahl; niemand hätte es gewagt, ihm darin dreinzureden oder gar zu widersprechen.

»Man müßte diese Bibliothek erweitern«, sagte Yobilyn halblaut. »Viele Worte und Klänge finden, sie zu Sätzen zusammenstellen, zu Gedichten in reinem Klang. Und alles der Natur entnommen ...«

»... und an die Natur zurückgegeben, Erhabener!« warf der Komponist leise ein.

Yobilyn starrte ihn an. »Wie habe ich das zu verstehen?«

»Nach Euren Anregungen und Inspirationen stelle ich es mir so vor, Erhabener«, sagte der Komponist und breitete die Hände aus. »Die Fertigkeit meiner musikalischen Apparaturen, ästhetische Qualitäten von Naturereignissen in unmittelbare Musik zu übertragen, sollte vervollkommnet werden. Und die Zahl dieser Naturphänomene, wie Eure Erhabenheit in diesen Minuten angeregt hat, sollte vergrößert werden, so lange, bis uns die ganze Fülle möglichen Wohllauts uneingeschränkt zu Gebote steht.«

Yobilyn lachte unterdrückt. »Du willst wahrscheinlich die ganze Schöpfung mit deinen Apparaten in Klänge verwandeln?«

»Völlig richtig, Erhabener Imperator, genau das ist

meine Absicht. Ich will das Naturgeschehen unmittelbar einfangen. Alles, was es gibt, was uns erfreuen kann. Oder erschrecken. Die Geburt von Sternen, das langsame Wachsen von Bäumen, die Wildheit der Tiere, die Schönheit von Pflanzen, die Urgewalt der Stürme, das ewige Wogen gewaltiger Ozeane, all dies und noch viel mehr sollte in einer Bibliothek des Klangs eingefangen werden. Des künstlerisch gestalteten Klanges, wohlgemerkt, nicht bloß als Geräusch ...«

»Ein vermessener Plan«, bemerkte der Imperator; seine Mundwinkel verzogen sich. »Und wahrscheinlich erwartest du von mir, daß ich diesen Aufwand finanziere.«

Moraynir wog rasch seine Möglichkeiten ab. Yobilyn war ein Genußmensch, und einer der höchsten Genüsse, die er kannte und schätzte, was gutgezielte Schmeichelei. Der Imperator war eitel – aber intelligent. Er hatte seinen Vorgänger und dessen Vorgänger äußerst geschickt aus dem Wege geräumt, und bisher hatte er zweiundzwanzig Umsturzversuche, Attentate und Anschläge überlebt. Sein politisches Lebensziel war gewesen, Imperator zu werden und Imperator zu bleiben. Das hatte er bisher geschafft.

Es blieb noch der letzte, geheime Wunsch – irgend etwas zu tun, das selbst den Glanz seiner Vorfahren übertraf. Im Buch der Geschichte wollte er nicht nur eine Randbemerkung abbekommen, er wollte mindestens eine eigene Seite, wenn nicht ein besonderes Kapitel, das ausschließlich seine ewige Größe pries. Ob dabei das Imperium zugrundeging, interessierte ihn nicht – sofern man diesen Untergang anderen zuschreiben konnte.

Aber bisher hatte sich in seinen vielen Regierungsjahren kein Anlaß einstellen wollen, der groß und gewaltig genug gewesen wäre, diesen Anspruch zu erfüllen. Die Methankriege mit den Maakhs waren nicht mehr aktuell; die Aufstände der Springer und Zaliter waren niedergeschlagen worden. Eine große Zahl von Hinrichtungen und Toten – das hatten andere vor ihm auch geschafft. Außerdem wollte der Erhabene nicht als Yobilyn der Blutige in die Geschichte eingehen.

»Es wäre eine Entscheidung, die Eurer Größe würdig wäre«, sagte Moraynir leise. Man durfte dem Imperator das Lob nicht zu dick auftragen, sonst wurde er mißtrauisch.

Yobilyn hatte wieder die Augen geschlossen und dachte nach.

Gebieter der Künste, Herrscher des Schönen, Yobilyn der Strahlende ... das machte sich gut. Die Überlegungen waren am Mienenspiel des Imperators ohne Mühen abzulesen.

»Ich habe folgenden Plan«, sagte Moraynir sehr leise; er ließ die Worte in das Denken seines Förderers hineinträufeln. »Am äußersten Rand des Großen Imperiums gibt es eine Welt, die ihrer Schönheit wegen gerühmt wird. Shahan im Chorwan-System.«

»Kenne ich.« Der Imperator machte eine wegwerfende Gebärde. »Zugegeben, sehr schön, aber auch langweilig.«

»Nicht, wenn wir diesen Planeten für unsere Zwecke in Besitz nehmen«, fuhr Moraynir fort. »Ihn mit Musik umgestalten, seine Wunder in Klänge übersetzen. Ich werde Maschinen entwerfen und bauen lassen, die den ganzen Planeten erfassen und in Musik umwandeln.«

Yobilyn sah ihn kurz an.

»Einer meiner Vorgänger hat einen halben Gebirgszug in ein Relief umwandeln lassen«, erinnerte er sich und lächelte sarkastisch. »Anschließend brauchte er für Tage die gesamte Energieversorgung des Planeten, um dieses Relief vollständig in kristallinen Kohlenstoff umzuwandeln. Dieses galaktische Wunder willst du übertreffen?«

Moraynir lächelte gewinnend.

»Nicht ich, Erhabener. Ich bin nur das ausführende Werkzeug. Denn die Beziehung zwischen der Musikanlage und dem Planeten wird wechselseitig sein. Und auch die Beziehung zwischen dem erhabenen Hörer und der Maschine wird sich wechselseitig entwickeln.«

Yobilyn runzelte die Stirn. Moraynir spürte, daß er aufpassen mußte. Der Erhabene liebte es überhaupt nicht, allzuviel erklärt zu bekommen oder gar nachfragen zu müssen. Es ließ ihn unwissend und inkompetent wirken, und derlei durfte niemals sein.

»Was soll das bedeuten?«

»Die Maschine wird die Klangwelt des Planeten zu Eurem Ohr tragen, Erhabener; Ihr werdet anschließend Eure ureigensten Gedanken der Maschine aufprägen – und der Planet wird reagieren. Ihr werdet Stürme sehen und hören, Ihr werdet sie entfesseln und besänftigen, wie es Euch gefällt. Vulkanausbrüche und Erdbeben, rauschende Regenfälle, sengende Dürre – all dies und viel mehr wird zu Eurem Gebote sein. Ihr allein werdet es sein, der diesen Planeten über die Maschine in ein einziges, gigantisches Kunstwerk umwandeln wird, in Kompositionen einer Größe, die niemals übertroffen werden kann. Ihr werdet in jeder nur denkbaren Form über diesen gesamten Planeten herrschen und ihn nach Euren erhabenen Wünschen gestalten können.«

»Das vermag ich schon jetzt, Narr!« schalt ihn der Erhabene. »Nur eine Frage des Aufwandes.«

»Das ist etwas gänzlich anderes«, wagte Moraynir zu widersprechen. »Eure Gedanken und Wünsche werden unmittelbar auf den Planeten einwirken. Ich baue nur die Maschine, danach wird mein Werk beendet sein – und der Planet gehört dann mit allem, was darauf lebt, ausschließlich Euch. Er wird Euch vollkommen untertan sein. Ihr werdet dort herrschen wie ..., wie ...«

»Wie ein Gott ...!« Yobilyn flüsterte.

»Ihr habt es treffender ausgedrückt, als ich es vermag«, beeilte sich Moraynir zu versichern.

»Ein wahrhaft gewaltiges Unterfangen«, sagte Yobilyn versonnen. Er lächelte. »Eine Aufgabe, die in der Tat meiner würdig zu sein scheint. Ich werde noch einmal den *Schwebenden Welten* lauschen, während ich nachdenke. Du kannst dich zurückziehen!«

Moraynir vollführte die übliche Demutsgeste und schritt dann rückwärts zur Tür, die sich bei seiner Annäherung öffnete. Ein siegessicheres Lächeln stand auf Moraynirs Lippen, als er den nächsten Raum durchschritt und in die große Vorhalle trat.

Der Raum war voller Menschen. Im Hintergrund drängten sich dreihundert Edle von Zalit, die gekommen waren, den Imperator von Arkon ein letztes Mal um Gnade und Erbarmen zu bitten. Zalit lag gleichsam vor der Haustür von Arkon und war schon vor vielen Jahrtausenden von Arkon-Kolonisten besiedelt worden. Allerdings hatten die Zaliter im Laufe dieser Jahrtausende ihr arkon-typisches Aussehen eingebüßt; ihre Haut war rotbraun gefärbt, und ihre Haare hatten die Farbe vom Kupfer angenommen, einen leichten grünen Oxydationsschimmer eingeschlossen. Von Arkongeborenen als zweitklassig angesehen, hatten die Zaliter immer wieder rebelliert, zuletzt vor fünf Jahren. Selbstverständlich war der Aufstand niedergeschlagen worden. Diese Zaliter in der Vorhalle bildeten das letzte Kontingent von Freiwilligen, das gekommen war, um dem Imperator als Unterwerfungsgeste ihre Köpfe anzubieten. In früheren Fällen hatte Yobilyn dieses Angebot gelegentlich angenommen; wie er in diesem Fall entscheiden würde, ließ sich unmöglich vorhersagen.

»Wie ist seine Stimmung?«

Moraynir fühlte sich am rechten Arm gepackt und wandte sich um. Er blickte in das Gesicht des jungen Adhemar von Quertamagin, Kristallprinz und damit vorbestimmter Nachfolger auf dem Thron von Arkon. In Moraynirs kritischen und sachkundigen Augen besaß er ebenso viele Fehler und Mängel wie sein Vater, aber Adhemars Härte und Herrschsucht würde dem Imperium wahrscheinlich mehr schaden als die Trägheit seines Vaters.

»Sehr gut«, beeilte sich Moraynir zu versichern. »Mein jüngstes Werk hat ihn entzückt.«

»Das kann ich mir vorstellen«, knurrte Adhemar sarkastisch. »Er beschäftigt sich ja kaum mehr mit etwas anderem als mit seinen Künsten und den Künstlern. Die Politik kommt bei ihm viel zu kurz.«

Er sprach leise, so daß nur Moraynir ihn hören konnte.

In Moraynirs Augen war Adhemar von Quertamagin ein Hochverräter, ein Lügner, Betrüger, Mörder und Räuber; Moraynir hätte Vergewaltiger hinzufügen können, aber das Niveau von Adhemars Liebschaften sicherte den Kristallprinz wenigstens vor diesem Vorwurf. Es war in jedem Fall nicht ratsam, sich diesen Mann zum Feind zu machen.

Moraynir lächelte sanft. »Glücklicherweise«, sagte er ebenso leise. »Stellt Euch vor, er würde tatsächlich Politik betreiben …«

Adhemar grinste anzüglich. »Da hast du recht«, gab er zu. »Aber das muß sich ändern!«

Es wird sich ändern, dachte Moraynir für sich und machte eine freundliche Miene dazu.

»Wartet ab«, schlug er Adhemar vor.

Der Kristallprinz blickte ihn lauernd an.

»Du hast einen Plan, das sehe ich dir an. Rede!« Adhemars Lächeln wurde vertraulich. »Wir sind doch alte Freunde von der Akademie ...«

Wo du glatt durchgefallen wärest, hochnäsiger Dummkopf, hätte ich dir nicht geholfen.

»Faßt Euch ein wenig in Geduld«, bat der Komponist sanft. »Manchmal ist es gar nicht nötig, sich mit aller Kraft gegen einen großen Brocken zu stemmen, der einem hartnäckig und hinderlich im Wege liegt. Mitunter rollt er ganz von allein zur Seite.«

»Ohne Gewalt?« Adhemars Miene verriet, daß er sich das nur schwer vorzustellen vermochte.

Wie alle Kristallprinzen seit vielen Jahrtausenden hatte Adhemar sich der Prüfung der ARK SUMMIA unterzogen und hatte bestanden. Kristallprinzen fielen nie durch! Danach war ein normalerweise brachliegender Teil seines Gehirns künstlich aktiviert worden, das sogenannte Extrahirn. Bestehend aus einem fotografisch exakten Gedächtnis und einem Logiksektor, der mit der Unbestechlichkeit einer Positronik Problemstellungen zu Leibe ging, war dieses Extrahirn ein nahezu unentbehrliches Werkzeug für den Herrscher eines so gewaltigen Imperiums.

Auch Moraynir hatte die ARK SUMMIA absolviert; er fand es bedauerlich, daß zur Aktivierungsprodezur nicht auch die Installation eines moralischen Gewissens gehörte. In Adhemars Fall war es allerdings fraglich, ob es da etwas gab, das man hätte aktivieren können. Moraynir wußte, daß Adhemar den ›Unfall‹ inszeniert hatte, dem Yobilyns Vorgänger zum Opfer gefallen war.

Wie hatte ein Spötter anläßlich der Inthronisation geschrieben:

»Der neue Imperator schritt zu seiner Krönung, angeführt von den Mördern seines Vorvorgängers, umgeben von den Mördern seines Vorgängers und gefolgt von seinen eigenen Mördern.«

»Gänzlich ohne Gewalt«, antwortete Moraynir leise. »Laßt mich nur machen, Ihr werdet es sehen.«

Adhemars Blick wurde noch lauernder.

»Warum sollte ich dir vertrauen?« erkundigte er sich. »Ausgerechnet dir, Moraynir?«

»Weil Euch keine andere Wahl bleibt«, gab Moraynir zurück.

Die Tür zum Verbindungsraum öffnete sich geräuschlos. Einige Augenblicke später erklang die Audienzfanfare, die Moraynir für Yobilyn komponiert hatte: feierlich, pompös und überaus beeindruckend, eine musikalische Wiedergabe der nahezu uneingeschränkten Macht, über die ein Imperator von Arkon gebot. Zehntausende von Planeten mit einigen Billionen Lebewesen waren seiner Herrschaft unterworfen; er war Oberkommandierender einer Schlachtflotte von mehr als einhunderttausend Schiffen der unterschiedlichsten Größenklassen, und jedes einzelne dieser Schiffe war kampfstark genug, um einen Planeten vollständig zerstören zu können. Was auch des öfteren der Fall gewesen war. Wenn man Yobilyn mit Unannehmlichkeiten behelligte, pflegte er diesen Mißstand rasch und gründlich zu beseitigen, mehr aus Trägheit und Bequemlichkeit denn aus Brutalität, die ihm allerdings nicht fremd war.

»Du sprichst verwegen, alter Freund«, murmelte Adhemar, während die Delegation der unglücklichen Zaliter den Raum verließ, um aus Yobilyns Mund ihr Urteil in Empfang zu nehmen. Nur wenige Mienen wirkten hoffnungsfroh.

»Ich weiß, was ich sage«, gab Moraynir zurück und sah zu, wie sich die Tür hinter den Zalitern schloß. Den Zarlt von Zalit, den Regenten des Planeten, hatte Yobilyn wohlweislich nicht vorgeladen; das schürte den Neid und den inneren Widerstand unter den Zalitern.

Mochten sie sich nur gegenseitig bekämpfen – solange sie Arkon untertan und gefügig blieben, waren ihnen innere Zwistigkeiten freigestellt. Damit waren sie zu beschäftigt. »Wartet nur, Ihr werdet es sehen und erleben.«

Adhemar legte seine rechte Hand auf Moraynirs Schulter und starrte ihm in die Augen.

»Wenn du mir behilflich bist, wird es dein Schaden nicht sein«, sagte er sehr leise. »Aber wehe dir, wenn du es wagen solltest, dich gegen mich zu stellen. Du weißt, daß meine Feinde selten alt zu werden pflegen!«

Deine Freunde allerdings auch nicht, dachte Moraynir und streifte die Hand behutsam von seiner Schulter.

Er entfernte sich. Es galt nun, ein ungeheures, einzigartiges Werk in Gang zu bringen, eine technische und künstlerische Leistung, wie sie die Galaxis noch nicht erlebt hatte. Nie zuvor waren einem Künstler solche Mittel an die Hand gegeben worden – und Moraynir war fest entschlossen, dafür Sorge zu tragen, daß sich dergleichen auch niemals wieder ereignen würde. Wenn das Werk vollendet war, würde es Moraynirs Ruhm über die Jahrtausende hinweg erstrahlen lassen. Von Yobilyn hingegen würde man nur noch als Auftraggeber dieses Werkes reden. Wenn überhaupt ...

3.

Shahan, Chorwan-System, Mitte September 1222 NGZ

»Und da unten bekomme ich den roten Plonk?«

In mancherlei Beziehung hatte sich Valerie verändert, seit ich sie kennengelernt hatte. Sie war nicht mehr zwölf, kein kleines Mädchen mehr. Sie war jetzt sechzehn, kurz davor, erwachsen zu werden, hatte die Figur einer Frau bekommen. Aber das waren nur Äußerlichkeiten.

In vielen anderen Dingen war sie sehr ähnlich geblieben. Noch immer waren ihre Haare dunkel, fast schwarz; sie trug sie in zwei langen, straff geflochtenen Zöpfen. Auch ihre Neigung zu sehr schlichter Kleidung in tiefem Schwarz hatte sich gehalten. Nach wie vor war ihre Haut auffallend hell, fast weiß, und fast immer blickte sie sehr ruhig und sehr ernst.

Ihre seelische Entwicklung hatte mit der körperlichen Reife nicht Schritt halten können. In dieser Beziehung war sie nach wie vor das kleine Mädchen, das ich in Rabaul-Tas auf der Erde kennengelernt hatte, durch einen jener Zufälle, die das Leben weit mehr prägen als alle Pläne und Konzepte.

Valerie wollte den roten Plonk, was immer das auch sein mochte. Ihre Mutter hatte den roten Plonk mitgenommen, ihn nur ganz kurz der Tochter gezeigt, aber das hatte genügt. Valeries ganzes Denken und Trachten galt nur dem vermaledeiten Plonk, den sie nicht einmal richtig beschreiben konnte. In diesem Fall hätte ich ihr vielleicht einen Pseudo-Ersatz besorgen können, obwohl sie mit dem niemals zufrieden gewesen wäre.

Ihre Sucht – anders konnte man ihr Leiden nicht nennen – galt weniger dem Ding, das sie als Plonk bezeichnete, sondern dem psionischen Imprint, den diese Hamamesch-Ware getragen hatte. Welche Wirkung der Imprint auf Menschen hatte, war niemals exakt untersucht worden. Zumindest wußte ich nichts davon. Klar war nur, es gab keinerlei Abstufung. Entweder bekam man das Ding zu sehen, dann war man rettungslos der Sucht verfallen – oder man hatte keinen Kontakt mit Imprint-Ware, und dann passierte auch nichts. Dazwischen gab es nichts.

Angesichts der verzweifelten Lage der Terraner im Jahr 1218 NGZ hatten Experten und Politiker lange mit sich gekämpft, ob man nicht vielleicht doch Experimente mit Imprint-Waren hätte beginnen sollen, ausschließlich mit Freiwilligen selbstverständlich, die sich des verheerenden Risikos voll bewußt waren. Aber ehe man in den führenden Kreisen der Liga und anderer politischer Systeme in der Galaxis zu einem Entschluß hatte kommen können, waren die Hamamesch verschwunden gewesen, ihre Waren hatten – niemand wußte wie – den psionischen Imprint verloren, und damit hatte das Experimentieren ein Ende gefunden.

In Fachkreisen, zu denen ich natürlich nicht gehörte, wurden Begriffe wie ›Zuckermann-Spektrum‹ gehandelt und Theorien ausgebrütet, aber in der Praxis hatte sich nichts verändert. Die betroffenen Galaktiker waren und blieben süchtig; präziser gesagt: Sie litten unter Entzugserscheinungen, die kein Ende nehmen wollten. An der verhängnisvoll einseitigen Struktur ihres Denkens und Fühlens hatte sich nichts geändert.

Valerie konnte als Beispiel dienen: Sie wollte den roten Plonk, mehr nicht. Alles andere interessierte sie nur ganz am Rande ihrer Wahrnehmung.

»Ich fürchte, auch da gibt es keine Plonks, Kleines«, sagte ich sanft. Diese Töne liegen mir nicht, ich komme mir stets vor wie ein lausig schlechter Schauspieler, der zudem kein vernünftiges Skript zu seiner Verfügung hat.

»Dann will ich auch nicht hin«, entschied Valerie ruhig.

Die SAMSA war ein Spezialschiff, umgebaut zu dem Zweck, Suchtkranke zu transportieren. Die medizinischen Einrichtungen an Bord waren hervorragend, es gab jede Menge erstklassiges Personal, hochwertige Medo-Robots und allen Komfort, mit dem man die Kranken von ihren Leiden ablenken konnte – theoretisch. In der Praxis funktionierte es nicht. Man hätte die SAMSA als Medo-Spezialschiff bezeichnen können. In meinen Augen war sie so etwas wie ein raumflugtaugliches Irrenhaus.

Wir standen in dem für Passagiere bestimmten Teil der Zentrale der SAMSA. Über uns wölbte sich die Halbkugel der Zentrale. Projektoren sorgten dafür, daß die metallene Decke mit einer Abbildung des umgebenden Raums bestrahlt wurde; man hatte den Eindruck, unter einer riesigen gläsernen Kuppel zu stehen und von dort aus den Weltraum, die kosmischen Nebel, Sonnen und Planeten sehen zu können. In den unteren Rand dieser Darstellungen waren zahlreiche kleine Projektionen integriert worden, auf denen die Daten der unterschiedlichen technischen Systeme dargestellt wurden. Vor diesen Monitoren saßen die Mitglieder der Zentralbesatzung und übten ihren Dienst aus. Ich konnte Köpfe unter Helmen sehen, die sich ab und zu bewegten. Anzeigen flackerten, ab und zu waren leise Bemerkungen der Bordsyntronik zu hören, die mit der Besatzung kommunizierten.

Unser Interesse – vor allem meines – galt dem Planeten, der auf der Projektionsfläche immer größer zu werden schien, eine sanft schimmernde Dreiviertelscheibe, die von der Sonne Chorwan bestrahlt wurde.

Aus dieser Höhe, knapp einhundert Kilometer über der Oberfläche, waren schon Einzelheiten des Planeten auszumachen. Große dunkelblaue Flächen, von weißen Kräuseln überzogen; andere Gebiete strahlten in einem saftigen Grün, das jedem überzeugten Veganer den Mund wässrig gemacht hätte. Dunkelbraune Einsprengsel waren zu erkennen, und über die ganze sichtbare Fläche wanderten langsam riesige Wolkengebilde.

Es gibt Planeten, die aus dem Orbit bereits aussehen wie ein Halteverbotsschild: Lepso ist eine solche Welt. Dort ist die Atmosphäre trübe, die Besiedlung hat sich wie eine krätzige Flechte über den Planeten ausgebreitet, man sieht wenig Natur, nur viel Menschenwerk. Betonierte Flächen, begradigte Flüsse, und den Grünanlagen kann man die technisch-künstliche Herkunft auch aus zweihundert Kilometern Höhe ansehen.

Shahan hingegen sah aus dem Orbit nach einem Paradies aus. Man ahnte, daß dort überall die Sonne schien, daß die Luft angenehm temperiert war, durchsetzt von Gerüchen nach Pflanzen und anderer Natur. Genau das, was sie Ärzte mir seit Jahrzehnten zu verschreiben versuchten.

»Es wird dir bestimmt auf Shahan gefallen, Valerie«, beteuerte ich wenig glaubwürdig.

Als Zwölfjährige hatte Valerie einen ungewöhnlich ernsten Blick gehabt, fast schon abweisend; jetzt hatte sich etwas dazugesellt, das mir wie ein Meer von stiller Traurigkeit erschien. Ich konnte diesem Blick immer nur für wenige Sekunden standhalten – er machte mir ein schlechtes Gewissen, als wäre ich an ihrem Elend schuld. Nüchtern betrachtet war das Unsinn, aber ich konnte mich trotzdem nicht dagegen wehren. Und ich hasse es, wenn meine klare, rationale Intelligenz von Gefühlswandlungen gestört wird. Deswegen lebe ich allein, weder mit Frauen noch mit Haustieren oder Kindern zusammen.

Valerie hob die Schultern, eine müde, resignierte Geste; sie wirkte wie ein Mädchen, das mit seinen wenigen Lebensjahren bereits alles Weltliche hinter sich gelassen hat, ohne Wünsche, ohne Bedürfnis, durchtränkt von dem Wissen, daß alles Leben letztlich nur Leiden bedeutet.

Die SAMSA ging tiefer und schwenkte dann in einen stabilen, stationären Orbit ein. Wenn sie diesen Kurs beibehielt, und das war Sinn des Manövers, blieb sie für einen Beobachter von unten immer am gleichen Platz des Himmels stehen.

Der Verlauf dieses Orbits war genau kalkuliert.

Schon wenn man auf der alten Erde einen Interkom benutzte, stieß man auf das Problem: Wer in Terrania, Terras Hauptstadt, am Goshun-See in der Gobi gelegen, auf die Idee kam, einen Freund in Europa anzurufen, mußte den Unterschied zwischen den Ortszeiten beachten. Wenn man nicht darauf achtete, warf man womöglich den Freund aus dem Bett oder hielt ihm vom Schlafengehen ab.

Auch bei der innergalaktischen Kommunikation und bei Reisen von Planet zu Planet stieß man unweigerlich auf dieses Problem. Auf der Erde konnte man derlei Pannen noch mit ein bißchen Fantasie und Nachdenken lösen, aber wenn Zehntausende von Planeten ins Spiel kamen, wurde es extrem schwierig. Normalerweise wurde auf dem Interkom- oder Trividschirm, je nachdem, welches System man benutzte, ein kurzer Hinweis eingeblendet: *Ortszeit des Angerufenen 23:45 Uhr.* Erst nach einer Bestätigung für die Syntronik wurde dann wirklich angeklingelt.

Entsprechendes galt für Raumreisen. An Bord der SAMSA war Mittagszeit, folgerichtig hatte der Kommandant des Schiffes sich für einen Orbit entschieden, der das Schiff über der Mittagszeit-Region des Planeten stehen ließ. Bei der Landung brauchten wir daher weder die inneren noch die äußeren Uhren umzustellen. Nahezu alle modernen Chronometer werden bei Planetenankünften ohnehin per Funksignal auf die jeweilige Ortszeit eingestellt.

»Komm!« sagte ich. »Wir werden jetzt landen!«

Sie protestierte nicht. Folgsam wie ein Lämmchen trottete sie hinter mit her, als wir mittels Antigravschacht und Laufband die Schleuse für das Shuttle aufsuchten.

Es tat weh, sie so zu sehen. Sie quengelte nicht, sie nörgelte nicht, sie machte keine Schwierigkeiten. Sie verzog nicht einmal eine Miene. Valerie tat einfach, was ich ihr sagte, wie ein Roboter. Inbrünstig haßte ich die Hamamesch für das, was sie diesem Kind und Milliarden von anderen intelligenten Lebensformen angetan hatten.

Das Shuttle brachte uns nach unten; es brauchte dazu eine knappe halbe Stunde.

Die SAMSA war für Landungen auf Planeten nicht gebaut. Die künstliche Schwerkraft im Inneren eines Raumschiffes bezog sich auf das Schiff und dessen Inhalt, nicht auf die Umgebung. Sollte diese künstliche Gravitation einmal ausfallen, schwebte alles schwerelos herum, unangenehm, aber nicht weiter tragisch. Sollte das Schiff aber einmal auf einem Planeten landen, müßte es – für den Fall der Fälle – stabil genug sein, um nicht unter der Last des eigenen Gewichtes zusammenzuknirschen. Zur Abwehr dieser Gefahr hätten Wandung und Innenstrukturen aus meterdickem Stahl bestehen müssen, eine überaus kostenträchtige Angelegenheit.

Ein weiterer Vorteil des Shuttle-Systems: Die Raumhäfen konnten erheblich kleiner ausfallen. Unser Shuttle landete auf dem Raumhafen von Geel-Shahan, der Hauptstadt des Planeten.

Geel-Shahan zählte rund eine Millionen Einwohner, wie ich den Informationen entnommen hatte. Der größte Teil der Infrastruktur der Stadt war unterirdisch gelegen, damit mehr Fläche für Wohnbauten und öffentliche Einrichtungen zur Verfügung stand. Es war, wie ich beim Anflug sehen konnte, eine schöne Stadt, von Wasserläufen durchzogen, mit einer sehr lockeren Bebauung, die viel Raum ließ für Grünflächen, Parks und Sportanlagen.

Als wir ausstiegen, konnte ich feststellen, daß Geo Sheremdoc erstaunlicherweise übertrieben hatte. Angenehme Temperaturen waren zu spüren, nicht zu trocken, nicht zu feucht; eine freundliche Brise wehte allerlei interessante Gerüche über die Stadt. Valerie allerdings bekam davon nichts mit. Blaß und teilnahmslos ging sie neben mir her.

Am Ausstieg wartete ein robotgesteuerter Gleiter, der uns zu unserem eigentlichen Ziel bringen sollte: ein großes, weitläufiges Klinikgelände am Rande der Stadt. Nach zehn Minuten waren wir dort angekommen.

Paß- und Meldeformalitäten gab es zwar, aber sie waren bereits per Datentransfer vor unserer Landung abgewickelt worden, anderenfalls hätten wir gar nicht erst landen dürfen.

Ich warf einen Blick nach oben. Sterne oder Monde waren nicht zu sehen. Shahan hatte keinen Trabanten und lag in einem sternarmen Winkel der Milchstraße; nachts würde es hier also wirklich dunkel werden.

»Hier werden wir eine Zeitlang wohnen«, gab ich Valerie bekannt. »Nun, wie gefällt es dir?«

Sie sagte nichts, zuckte bloß mit den Achseln und hielt meine linke Hand fest in ihrer rechten. Ein überaus braves Mädchen, zur Hölle damit; mir wäre fast lieber gewesen, sie hätte mich ein bißchen genervt.

Ich lieferte sie am Empfang der Klinik ab und suchte dann mein erstes Ziel auf.

Krehn Fossert war der Leiter der Klinik, ein hagerer Mann mit graumelierten Haaren und einem Gesicht, das auf den ersten Blick den verbissenen Gesundheitsapostel verriet. Sein erster Blick in meine Richtung war diagnostischer Art, unverkennbar.

»Ich weiß, ich weiß«, sagte ich statt einer Begrüßung und fläzte mich in den Sessel. »Zuviel Gewicht, zu wenig Bewegung. Alles schon gehört.«

»Und offensichtlich nie befolgt«, konterte er trocken; er zwinkerte, vielleicht hatte er wenigstens einen Funken Humor. »Du bist also der Ermittler, der mir angekündigt worden ist?«

»Richtig«, gab ich zu. »Orpheus Chambers.«

»Eigentümlicher Name«, bemerkte Fossert.

»Meine Eltern waren Musikfreunde«, klärte ich ihn auf. »Und ich bin danach geraten. Wenn ich anfange zu singen, werden Tote wieder lebendig.«

»Das wage ich zu bezweifeln«, sagte er und nahm hinter seinem Tisch Platz. Er schlug die Beine übereinander und schnippte ein vereinsamtes Stäubchen von seinen Beinkleidern. Solche Leute tragen keine Hosen sondern Beinkleider. »Die Person, um die es geht, wird ganz bestimmt nicht wieder aufwachen, und wenn du noch so laut singst.«

»Um wen handelt es sich?«

»Dhellbert Muryl«, erklärte Fossert nüchtern, offenbar ein Zwitter aus Mediziner und Verwaltungsmensch. »Einhundertvier Jahre alt, in körperlich guter Verfassung. Ansonsten das Übliche – ein Imprint-Süchtiger.«

»Wie viele habt ihr davon auf Shahan?«

»Im Bereich von Geel-Shahan? Ungefähr vierhundertdreißigtausend, es können ein paar mehr sein.«

»Und was macht ihr mit den Leuten?«

Fossert seufzte.

»Nichts, was man wirklich eine ernsthafte Therapie nennen könnte«, gab er zu. »Wir dämpfen mit Medikamenten die Übererregbarkeit, die fast alle Süchtigen aufweisen. Mit anderen Medikamenten versuchen wir die Stimmung aufzuhellen, Angstzustände zu bekämpfen und unseren Kranken ein halbwegs normales Leben zu ermöglichen.«

»Und wie sieht dieses Leben aus?« wollte ich wissen. Was stand Valerie bevor? Würde man sie hier zu einem biochemisch kontrollierten Roboter machen?

»Eigentlich ziemlich normal«, versuchte Fossert zu erklären. »Nur ein bißchen zeitlupenhaft. Den Leuten fehlt hauptsächlich der Schwung, die Energie. Sie essen und trinken, sie verfolgen die Trivideo-Programme, wenn auch ohne besondere Aufmerksamkeit. Sie schlafen, meist nicht besonders gut, leider. Viele treiben unter unserer Anleitung Sport jeglicher Art, ruhen sich in der Sonne aus. Kurz gesagt, es wird dir vorkommen wie ein Ferienaufenthalt, was es ja eigentlich auch ist. Es geht nur langsamer und zäher als üblich.«

Prachtvolle Aussichten …

»Woran ist Dhellbert Muryl gestorben?«

»Er wurde erdrosselt.« Fossert konstatierte lediglich eine Tatsache, die ihn sonst nichts weiter anging. »Mit dem Gürtel seines Bademantels. Selbstverschulden scheidet dabei aus.«

»Ist das absolut sicher?«

Fossert zeigte ein dünnes, überlegenes Lächeln.

»Wärest du imstande, dich selbst mit dem Gürtel deines Bademantels zu erdrosseln?«

Ich versuchte gar nicht erst, mir das vorzustellen.

»Irgendwelche Hinweise auf potentielle Täter?«

Fossert schüttelte den Kopf und stieß einen langen Seufzer aus.

»Keinen«, sagte er. »Eine Patientin, die kurz vor der Tat auf dem Flur spazierenging, glaubt, aus Muryls Appartement Stimmen gehört zu haben. Zwei Männer; es soll sogar nach einem Streit geklungen haben. Muryl scheint zum fraglichen Zeitpunkt Besuch gehabt zu haben. Er selbst trank nie Alkohol, aber in seinem Zimmer wurde auf dem Tisch eine angebrochene Flasche *Archers' Tears* gefunden.«

Die nächste Frage lag nahe, die Antwort leider auch. Wenn es so einfach gewesen wäre, hätte man mich nicht zu rufen brauchen.

»Fingerabdrücke?«

»Nur Muryls Abdrücke, sowohl auf der Flasche als auch auf dem Glas. Der Raum ist von Spezialrobotern gründlich untersucht worden. Sie haben keinerlei Anzeichen dafür gefunden, daß Dhellert Muryl Besuch gehabt hat.«

Ich runzelte die Stirn. Das war mehr als ungewöhnlich.

Verbrecher hatten es in unserer Zeit wahrhaftig nicht leicht. Im 13. Jahrhundert wurden Spuren ausgewertet, die selbst der geschickteste Täter nicht vermeiden konnte. Nicht nur so banale Dinge wie Fingerabdrücke oder ausgefallene Haare, Blutstropfen oder dergleichen. Die Untersuchungen waren so gründlich, daß einzelne Hautschuppen gefunden und ausgewertet werden konnten. Außerdem hatte jeder Mensch seine eigene Bioflora: Bakterien, Pilze, Enzyme und dergleichen. Im Grunde brauchte er nur einmal zu husten, und er hatte einige zehntausend Hinweise auf seine Person geliefert – die spezielle Mischung dieser Bioflora war absolut unverwechselbar. Verhindern konnte man derlei nur, wenn man in einem SERUN herumlief, also in einem der Kampfanzüge, die bei Weltraumexpeditionen verwendet wurden. Aber Menschen in dieser Kleidung waren bemerkenswert auffällig.

»Lippenspuren am Glas?«

Fossert zögerte. »Ja, wir haben Lippenabdrücke gefunden«, gab er zu. »Aber wir konnten sie nicht einordnen.«

Die Lippen eines Menschen wiesen in ähnlicher Weise ein Linien- und Rillenmuster wie die Fingerkuppen auf – und sie waren vor Gericht dank neuester Forschung ebenso beweiskräftig wie Fingerabdrücke.

Ich runzelte die Stirn und machte ein nachdenkliches Gesicht. »Was heißt das, nicht einordnen?«

»Sie waren nicht menschlich«, antwortete Fossert. »Kein Terraner, kein Arkonide – keines der uns bekannten Völker liefert solche Abdrücke. Wir haben auch die exotischen Sachen nicht ausgelassen – Echsenwesen wie die Topsider zum Beispiel, obwohl es auf Geel-Shahan nur sehr wenige Topsider gibt. Auch hier: keine Übereinstimmung.«

Ich schüttelte verwirrt den Kopf. Das paßte einfach nicht zusammen. Es sah danach aus, als warte eine verdammt dicke und harte Nuß auf mich.

»Weitere Informationen kannst du dem Syntron entnehmen. Diese Informationen stehen nur dir und mir zur Verfügung, für jeden anderen sind sie gesperrt. Offiziell ist Muryl an einem Unfall gestorben, und dabei wird es vorläufig bleiben.«

»Hat er Angehörige?«

»Keine«, antwortete Fossert. »Deswegen haben wir uns erlaubt, seine Leiche einstweilen in einem Kryo-Tank unterzubringen, bis der Fall geklärt ist.« Er blickte mich streng an. »Ich hoffe, diese Klärung wird nicht lange auf sich warten lassen. Du bist uns als erstklassiger Spezialist auf deinem Gebiet avisiert worden.«

Sein schiefer Blick verriet, daß er diese Einschätzung nicht teilte. Wahrscheinlich hatte Geo Sheremdoc zu meinen Gunsten übertrieben. Hätte ich diesen durchtriebenen LFT-Kommissar doch nie kennengelernt!

»Übrigens, was ist mit deinen Augen?«

Als Diagnostiker war er wirklich nicht schlecht. Den meisten Zeitgenossen fällt gar nicht auf, daß ich keine echten Augen mehr habe. Sie registrieren nur eine gewisse Starrheit in meinem Blick, und das schreiben sie für gewöhnlich meinem Beruf zu.

Die Wirklichkeit sah ein wenig anders aus: Es war um die vorzeitige Beendigung eines langfristigen Ehevertrages gegangen, also um die übliche Untreueschnüffelei. In diesem Fall war die Angelegenheit, eigentlich nur Routine, in einem tumultarischen Eifersuchtsdrama geendet. Fazit: drei Tote und ein Schwerverletzter, nämlich ich. Das Gesicht hatten die Knochenflicker wieder hinbekommen, aber die Augen waren unrettbar verloren gewesen. Statt dessen hatte man mir künstliche Augen verpaßt, bewegliche Hochleistungsoptiken, die mit dem *nervus opticus* verbunden worden waren. Seither konnte ich normal, ultraviolett und infrarot sehen, außerdem ließen sich die Optiken auf Lupen und Telewirkung einstellen. Ein gewisser Röntgenblick war mir ebenfalls möglich, natürlich nicht im wörtlichen Sinn, denn dazu hätte ich die Röntgenstrahlen erst einmal erzeugen müssen. Aber die allgegenwärtige kosmische Strahlung, die fast jede Materie durchdringen kann, leistet sehr ähnliche Dienste.

»Ein Betriebsunfall«, sagte ich, begleitet von einer wegwerfenden Gebärde. »Ich sehe jetzt besser als je zuvor.« Ich fügte ein breites Grinsen an. »Und auch besser aus.«

Keine Reaktion.

Fossert stand auf und reichte mir die Hand. Er tat es mit einem gewissen Widerwillen; daß sich meine Hände weich, warm und ein wenig feucht anfühlen, dafür kann ich nichts.

»Sheremdoc hat übrigens verlauten lassen, daß du unsere Dienste jederzeit in Anspruch nehmen kannst«, ließ Fossert verlauten.

Ich runzelte die hohe Denkerstirn. »Was meint er damit?«

»Nun«, meinte Fossert dann gedehnt. »Man könnte problemlos die Aknenarben in deinem Gesicht beseitigen, Chambers, außerdem würde ich zu einer Revitalisierung der Haare raten. Du wirst langsam kahlköpfig. Den Bauch kann man ebenfalls wegoperieren, und wenn wir zusammenarbeiten und du ein paar Monate ganz und gar auf Alkohol verzichtest, wirst du nicht mehr so schnaufend atmen müssen und die cyanotische Verfärbung deines Gesichtes wird auch sicher verschwinden.«

Ich lachte ihn einfach aus.

»Das wäre dann nicht mehr ich«, protestierte ich und wuchtete meine einhundert Kilo aus dem Sessel hoch. Meine Devise war von je her gewesen: *Jede Bewegung schwächt*, oder noch präziser: *Man sollte nie stehen, wenn man sitzen und nie sitzen, wenn man liegen kann.* Und daran gedachte ich mich auch künftig zu halten. Auf Schönheitspreise legte ich keinen Wert. Das Leben währte ohnehin viel zu lange. Bis zu zweihundert Jahre alt konnten durchschnittliche Terraner werden, eine elend lange Zeit, wenn man sie mit Faulenzen verbringen will. Wenn die Rechnung stimmte, hatte ich noch rund einhundertzwanzig Jahre vor mir – zwölf Jahrzehnte, und das als Zeitgenosse von Typen wie Geo Sheremdoc.

»Wie du willst«, sagte Fossert achselzuckend. »Aber

du bist doch als Patient bei uns angemeldet worden, dann müßtest du wenigstens an einigen Gesundheitsprogrammen teilnehmen.«

Ich stieß ein grimmiges Schnauben aus. Ich ahnte, was mich erwartete.

Magere Kost, wenig zu trinken und viel Bewegung – widerlich ...

4.

Arkon 1, die Kristallwelt,
im Arkon-System, im Jahre 13.512 v. A.

Die Stimme des Imperators klang giftgeschwängert.

»Also doch, Moraynir, du bist wahrhaftig endlich fertig geworden? Ich vermag es kaum zu glauben!«

Der Hofmusiker machte eine tiefe Demutsgeste; sein Gesicht hatte sich gerötet. Yobilyn ließ ein leises, böse klingendes Lachen vernehmen.

»Du hast dich sicher gefragt, warum ich dich in all den Jahren nicht längst habe einsperren lassen für dein Unvermögen. Das hast du dich doch gefragt, nicht wahr? Ha! Ich sehe es dir an, Moraynir. Du hast es dich gefragt, wieder und wieder. Bei jeder Audienz bist du ein wenig bleicher und kleiner geworden. Jedes Mal, wenn du zu mir gekommen bist, um weiteres Geld zu erbitten, hattest du das Gefühl, daß dein dummer Kopf immer wackeliger auf deinen Schultern sitzt. Und das hast du durchaus richtig gespürt.«

Yobilyn dehnte die gichtigen Muskeln. Es handelte sich um eine sehr seltene Form der chronischen Polyarthritis, die auch die galaxisweit berühmten Mediziner von Aralon nicht hatten heilen können. Jede Bewegung schmerzte den Imperator, und da er selbst litt, störte es ihn nicht, daß andere litten. Der Imperator stieß ein Ächzen aus.

»Weißt du, Moraynir, es macht keinen Spaß, einen Mann exekutieren zu lassen, der weiß, daß er den Tod verdient hat. Er ist darauf vorbereitet, er hat die Angst bereits durchgeschmeckt und kennt ihren fauligen Atem. Du weißt, wie die Angst schmeckt, nicht wahr? Ein kaltes, schleimiges, dumpfes Zeug, das in deinen Eingeweiden nistet und jeden deiner Gedanken wie mit

Verwesungssäften durchtränkt. Du nickst, also habe ich recht. Aber du hast einen Trost, mein Freund: deinen Glauben, der dir Kraft gibt und der dich wähnen läßt, daß irgendwo jenseits der Welt, die wir schwachen Wesen kennen, ein anderes Leben auf dich wartet. Ein Leben, das nichts mit dem unseren gemein hat, ein Leben in Schönheit und Glanz. Und vor allem ein Leben, das dir den Ausgleich bietet für alles Häßliche und Widerwärtige, das du in diesem erddumpfen Leben hast erdulden müssen. Du glaubst, daß es einen ewigen Schöpfer gibt, nicht wahr? Ein Gott der Güte und der Gerechtigkeit, der die seinen nicht verläßt.«

Moraynir wurde langsam blasser. Er fühlte, wie die Kraft ihn verließ, während der Imperator in verbaler Grausamkeit schwelgte. Moraynir mußte ihm zugestehen, daß er seine Sache vorzüglich machte. Wieder klumpte das Grauen in seinen Eingeweiden und erstickte ihm den Atem. Yobilyn war nicht gar so grausam, wie es allgemein hieß; er schwelgte ein wenig in dem Ruf, den Henker mit leichter Hand herbeizuwinken. Meist beschränkte er sich darauf, seine Opfer in Angst und Schrecken zu versetzen.

Aber er konnte anders, und es gab keine Möglichkeit, das vorher abzuschätzen. Auch Moraynir wußte nicht, woran er war, wenn der Imperator geruhte, schlechter Laune zu sein.

Das Unternehmen Shahan hatte sich nicht so angelassen, wie Moraynir es sich gewünscht hatte. Viele Jahre waren vergangen, Milliarden waren in Technik und Architektur geflossen, es hatte Pannen gegeben, Unfälle, regelrechte Katastrophen, und die letzten Male, da Moraynir vor das Antlitz seines erhabenen Gebieters hatte treten müssen, war er nicht sicher gewesen, die Stunde der Audienz überleben zu dürfen.

Aber nun war es vollbracht, und er konnte sein Werk

dem Imperator vorführen. Es war die Stunde des Triumphes, aber Yobilyns grausam-niederträchtige Rede drückte Moraynir die Luft ab. Er würgte.

»Ich werde dir sagen, was ich zu tun gedenke, Moraynir. Ich werde mir ansehen, was du hergestellt hast, und dann werde ich entscheiden. Ist es dir mißlungen, mein klangkundiger Freund, werde ich dich foltern lassen, bis du nach dem Tode winselst. Hast du aber vollbracht, was du zugesagt hast, dann werde ich dich schnell und ohne Schmerz sterben lassen. Wie gefällt dir das?«

»Erhabener!« stieß Moraynir erschüttert hervor. Möglich, daß es sich um einen weiteren grausamen Scherz handelte. Vor einer der zahlreichen Mätressen Yobilyns hatte Moraynir erfahren, daß er sie gelegentlich auf den Hals zu küssen pflegte, begleitet von den Worten: »Auch dieser schöne Kopf wird fallen, wenn ich es will ...«

Wenn er ruhig auf seinem Thron saß und nicht redete, wirkte Yobilyn noch erstaunlich jung. Öffnete er aber den Mund, dann konnte man sehen, mit wieviel Aufwand und Mühe die Kosmetiker die Haut gestrafft und die Falten mit Bioplast eingeebnet hatten. Dann warf das rundliche, aufgedunsene Gesicht des Imperators Falten wie ein zerknülltes Bettuch. Es sah scheußlich aus, ganz besonders dann, wenn Yobilyn, wie in diesem Augenblick, vor boshafter Freude lachte. Seltsamerweise bebte und hüpfte sein praller Bauch dabei heftig mit, ein Anblick, der zum Lachen reizte. Aber wehe dem, der sich nicht zu beherrschen wußte.

»Ungerecht, denkst du, nicht wahr? Es ist nicht anständig von den Göttern, dich ausgerechnet in der Stunde deines Triumphes sterben zu lassen. Als Versager sterben, meinethalben. Ha, Schwächlinge und Versager sterben ohnehin jeden Tag ihre inneren Tode. Aber dem

Tode entronnen zu sein, ganz knapp nur, um die Breite eines Haares, das große, gewagte Spiel trotz aller Risiken gewonnen zu haben – um dann doch viel zu früh zu sterben, das tut weh? Ist es so, du Tonkünstler, du Genie der Klänge und des Wohllauts? Ist es nicht so? Rasest du nicht innerlich vor Entsetzen und Zorn, daß du trotzdem wirst sterben müssen?«

Yobilyn lachte laut.

»Es tut noch mehr weh als Todesangst, nicht wahr? Denn es erschüttert deinen Glauben. Ein Universum, in dem ein Unschuldiger solche Leiden und himmelschreiende Ungerechtigkeit erdulden muß, ein solches Universum hat vielleicht gar keinen gnädigen Schöpfer.«

Yobilyn bewegte sich äußerst behutsam, um bequemer sitzen zu können. Seine gichtischen Gelenke loderten wohl vor Schmerz, und er stieß einen halblauten Schmerzensruf aus.

»Aahhh«, ächzte er. »Du siehst, wie ich mich quälen muß. Warum sollte ich dann dich schonen? Wohlan, berichte mir, was du zu sagen hast. Ist tatsächlich dein geniales Werk vollendet? Ist Shahan so geworden, wie du es mir versprochen hast?«

»Noch größer, noch schöner, noch gewaltiger, Erhabener«, beteuerte Moraynir bleich, mit leidlich fester Stimme. »Es ist ein Kunstwerk, wie es kein zweites in der Schöpfung gibt.«

Yobilyn lachte wieder.

»Du hast sogar die Götter übertroffen, Moraynir? Nicht schlecht für einen Arkoniden, der nichts weiter ist als ein Lakei an meinem Hof. Nun, vielleicht lasse ich dich doch am Leben, wenn es mir gefällt.« Yobilyn zwinkerte zynisch. »Vielleicht nicht ganz, nur ein bißchen, so daß du zwar weißt, daß du lebst, aber nichts mehr davon hast. Wir werden sehen. Ich werde meine Jacht startfertig machen. Und du wirst mich begleiten,

Moraynir. Nein, kein Besuch mehr bei deinen Verwandten und deiner Frau. Tssst, Moraynir, was soll denn das? Ist es nicht besser für das arme Weib, wenn sie völlig überraschend Witwe wird? Willst du sie wirklich tage- und wochenlang auf deinen Tod warten lassen?«

Moraynir schluckte. Daß Yobilyn im Alter grausamer geworden war, daß er seine Fantasie immer mehr auf das Zufügen von Qualen richtete, war ihm durchaus nicht entgangen. Aber mit dieser Entwicklung der Audienz hatte er nicht gerechnet. Sein Rücken war nur mehr ein Eisblock, sein Atem ging stoßweise, er schwitzte am ganzen Leib.

Yobilyn sprach einige Befehle, die von den versteckten Positroniken aufgenommen und sofort befolgt wurden. Sein Thron setzte sich in Bewegung und glitt geräuschlos über den Boden, der mit einem Platin-Gold-Mosaik ausgelegt worden war, auch dies ein Kunstwerk, dessen Größe und Kostbarkeit in der bekannten Galaxis gerühmt wurde.

»Folge mir, Moraynir!« befahl Yobilyn mit lauter Stimme. Er wandte mühsam den Kopf, da Moraynir ein paar Schritte zurückgeblieben war. Wieder formten seine schmalen, blutarmen Lippen ein zynisches Lächeln. »Vielleicht hast du ja Glück, und ich sterbe auf dieser Reise, bevor ich den Exekutionsbefehl geben kann. Wäre das nicht wundervoll für dich?«

Moraynir hatte einige Fahrten in der Jacht des Herrschers mitgemacht und er wußte, daß das Fahrzeug hervorragend gesichert war. Nur der Imperator selbst konnte dem automatischen Piloten Befehle und Anweisungen geben, niemand sonst. Sollte Yobilyn während der Reise nach Shahan tatsächlich vom Schlag getroffen werden und sterben, war Moraynir in der Jacht eingesargt, ohne Aussicht auf Rettung.

»Oheim …?!«

Moraynir schluckte. Es war die Stimme von Adhemar, der in diesem Augenblick den Gang betrat, den Yobilyn und Moraynir benutzten. Yobilyn blickte ihn unwillig an. Er mochte seinen Neffen nicht und hatte auch nie ein Hehl daraus gemacht. Selbst war er ohne erbberechtigten Erben, also wußte er, daß Adhemar ihm nach Lage der Dinge auf dem Thron von Arkon nachfolgen würde. Nachfolgen *wollte* – um nahezu jeden Preis.

»Ich mache eine kleine Reise, Neffe«, verkündete Yobilyn knapp. »Ich habe Anweisung gegeben, daß du mich während meiner Abwesenheit vertrittst. Also, genieße es.«

Es gab nichts zu genießen. Adhemar hatte lediglich repräsentative Aufgaben zu erfüllen und Pläne auszuarbeiten, die sein Onkel dann genehmigte oder ablehnte. Selbst eine Entscheidung zu treffen, sie öffentlich zu verkünden und auch praktisch umzusetzen, blieb ihm verwehrt – eine weitere Bosheit des alternden Imperators.

»Ich werde mein Bestes tun, Oheim, wie immer«, beteuerte Adhemar, dem diese Höflichkeiten sichtlich schwerfielen. Ein rascher Blick hinüber zu Moraynir, ein kurzer Augenkontakt, dann blitzschnelles Verstehen. Der Plan war besprochen, ohne daß auch nur ein Wort gewechselt wurde.

»Was ist das schon, dein Bestes?« fragte Yobilyn rhetorisch und fuhr weiter. Seine Privatjacht stand auf einem kleinen Raumhafen neben dem Kristallpalast und war über einen unterirdischen Gang zu erreichen. Traktorstrahlprojektoren und Prallfelder, beide positronisch gesteuert, übernahmen es, den schweren Thron an Bord zu schaffen. Yobilyns ganz besonderer Thronsessel war nicht einfach nur ein Sitzmöbel oder ein Bestandteil des pompösen Arkon-Zeremoniells. In den Sockel waren etliche Meßinstrumente integriert, die im Notfall beispielsweise auf Beschuß reagierten und dann einen gleichfalls in den Sockel eingebauten Schutzschirmgenerator aktivierten. Als sich der Thron in Bewegung gesetzt hatte, waren automatisch die Serviceleitungen gekappt worden, über die sich Yobilyn Getränke und Erfrischungen liefern lassen konnte.

Moraynir mußte warten, bis er ebenfalls die Jacht besteigen konnte. Er warf einen letzten Blick auf den Horizont und erfaßte die Silhouetten der benachbarten Gebäude, in der Regel Wohnsitze großer und berühmter Familien, die sich diesen teuersten Baugrund Arkons leisten konnte. Unverwechselbar der Schnitt der klassischen Trichterbauten, die für Arkon typisch waren. Es gab sie auch auf anderen Planeten, aber nirgendwo waren die Proportionen dieser Gebäude von solcher Sachlichkeit und Ausgewogenheit.

»Nun mach schon!« wurde Moraynir über die Außenlautsprecher angerufen. »Ich habe nicht ewig Zeit, Moraynir! Du willst wohl ein paar Minuten Lebenszeit herausschinden, wie?«

Moraynir knirschte mit den Zähnen. Eines nahm er sich vor: Wenn es zum Äußersten kam, daß Yobilyn ihn würde töten lassen, wollte er vorher noch seinen Mut zusammennehmen und dem Scheusal einige Wahrheiten ins Gesicht schleudern.

Auf der anderen Seite verspielte er damit garantiert die letzten Chancen auf einen raschen und schmerzlosen Tod – auch das wollte bedacht sein. Moraynir war kein Feigling, aber diese Wahl …

Rasch bestieg Moraynir die Personenschleuse, deren äußeres Schott sich hinter ihm schloß. Von diesem Augenblick an war er Gefangener des Imperators, dessen Willen und dessen Gnade wehrlos ausgeliefert.

Der Gedanke lag nahe, den Flug auszunutzen, um Yobilyn zu überraschen, ihn zu töten und dann …

Sinnloses Unterfangen. Yobilyn wurde durch die Sicherheitseinrichtungen der Jacht und des Thronsessels nahezu perfekt geschützt; Moraynir hatte nicht einmal die Chance, ihn auch nur zu ohrfeigen, geschweige denn, ihn zu erschießen oder gar mit eigenen Händen zu erwürgen.

Wenige Augenblicke, nachdem Moraynir die Zentrale des kleinen Schiffes betreten hatte, hob die Jacht vom Boden ab und beschleunigte in den freien Raum. Arkon I, die Kristallwelt, fiel zurück. Hier hatten die Arkoniden zuerst gesiedelt. Aus welcher Region diese Gründungsväter gestammt hatten und was sie ausgerechnet in dieses System geführt hatte, das wußten nur sehr wenige Eingeweihte, und zu denen zählte Moraynir nicht. Von hier aus waren sie in die verschiedenen galaktischen Richtungen geflogen und hatten sich ein Planetensystem nach dem anderen nutzbar gemacht – oder untertan.

Arkon II tauchte auf dem Panoramaschirm auf. Die Handelswelt, größter Umschlagplatz für Waren und Güter im galaktischen Kugelsternhaufen, zu dem Arkon gehörte, und damit der größte Handelsplatz der bekannten Galaxis. Eine einzige Ansammlung von Raumhäfen, Silos, Lagerhallen, Magazinen, Stapelhäusern, zum Teil Hunderte von Metern tief in den Boden gegraben. Hier wurden die Schätze abgeliefert, jene Kostbarkeiten, die den Arkoniden das Leben so angenehm und leicht machten.

Arkon III bekam Moraynir nicht zu sehen, dieser Planet wurde zur Zeit von der Sonne verdeckt. Arkon III war Kriegswelt, Flottenstützpunkt, Werftplanet, Arsenal, Kadettenanstalt, Ausbildungslager und Waffenschmiede. Von hier starteten die Flotten, die Arkons Macht und Glorie in weitere Bereiche des Kugelsternhaufens trugen, hierher kehrten sie zurück, wenn sie ihr Unterwerfungshandwerk verrichtet hatten.

Es gab etwas, das diese drei Welten miteinander verband und zu einem einzigartigen Gebilde im bekannten Kosmos machten: Die Planeten waren mit sehr geringen Abweichungen gleich groß, sie lagen auf der gleichen Bahnebene, und sie beschrieben um das Zentralgestirn Arkons die gleiche Kreisbahn. Ein perfektes, in seiner Vollkommenheit unerreichtes Dreigestirn, Ausdruck des technischen Könnens, des Machtwillens und des Stolzes der Arkoniden.

Aber die Erschaffung des Planeten-Tripletts war das Werk vieler Generationen gewesen; kein einzelner konnte sich rühmen, dafür die Verantwortung getragen zu haben.

Das war bei Moraynirs Vorhaben anders. In der Größenordnung wohl nicht mit der Erschaffung Arkons zu vergleichen, aber zweifelsohne das wohl gewaltigste Werk, das einem einzigen künstlerischen Schöpfer zugeordnet werden konnte – ihm, Moraynir von Jehran.

Nur würde er ganz sicher keinerlei Gelegenheit haben, sich in diesem Ruhm zu sonnen.

»Erhabener ...« Moraynir wagte kaum zu flüstern.

»Was willst du? Stör mich nicht bei der Sprungvorbereitung!«

Moraynir wagte dennoch weiter zu sprechen.

»Ich weiß, daß Ihr vorhabt, mich zu töten, vielleicht oder sicher, das ist in Euer Belieben gestellt.«

Yobilyn schnaubte kurz.

»Ich möchte nur wissen, was ... was wird aus ... aus meinem Werk?«

Yobilyn wandte den Kopf. Moraynir brauchte nur einen Blick auf dieses Gesicht zu werfen, um eine Antwort auf seine Frage zu haben.

Yobilyn würde ihn nicht nur töten, gleichgültig, wie lange das dauern mochte. Er hatte nicht nur vor, Moraynir physisch auszulöschen und wahrscheinlich auch psychisch. Er wollte ihn als Künstler eliminieren …

Die Arbeiten auf Shahan waren von Robotern ausgeführt worden, im Geheimen. Roboter plauderten nicht. Die Kosten waren im Staatshaushalt geschickt versteckt worden, und selbstverständlich hatte Moraynir dafür seinen Namen nicht hergegeben. Wenn Yobilyn es wollte, würde niemals ein lebendes Wesen erfahren, *wer* Shahan zum Leben erweckt hatte. Moraynir würde ohne Ruhm, ohne Ehren, praktisch sogar ohne Namen aus der Geschichte verschwinden; selbst in einschlägigen Fachwerken würde er nach kurzer Zeit kaum mehr als eine Fußnote abgeben, die niemand las.

»In sechs Minuten erfolgt die erste Transition«, gab die Positronik laut bekannt. Imperator Yobilyn hatte das Kommando des Schiffes an den Autopiloten abgegeben.

Die Zeit verstrich langsam. Endlich hatte die Jacht die erforderliche Sprunggeschwindigkeit erreicht. Die Jacht entmaterialisierte, durchstieß gewaltsam den Hyperraum und rematerialisierte an den Zielkoordinaten, einen kaum meßbaren Augenblick später. Transition oder Hyperraumsprung wurde dieses Verfahren genannt. Die Völker des Arkon-Imperiums beherrschten diese Technik seit Jahrtausenden und hatten sie immer mehr verfeinert. Allerdings war bisher kein technisches Verfahren imstande gewesen, den sogenannten Entzerrungsschmerz zu verhindern, der kurz nach der Rematerialisierung auftrat; seine Intensität richtete sich nach dem technischen Stand des Triebwerks und nach der Weite des Sprungs. Normalerweise wurden die Sprungwerte so berechnet, daß sich der Nackenschmerz in Grenzen hielt, wobei Handelsraumfahrern und Soldaten meist heftigere Belastungen zugemutet wurden als den Insassen einer Luxusjacht.

Yobilyn war ein alter Mann, von gichtischen Schmerzen geplagt, die offenbar entschieden größer waren als der übliche Entzerrungsschmerz. Der Imperator hatte einen sehr weiten Sprung gewählt, über mehr als dreitausend Lichtjahre hinweg. Moraynir stöhnte unterdrückt auf und massierte mit einer Daumen-Zeigefinger-Zange seinen Nacken.

»Du bist offenbar nichts gewöhnt, junger Mann!« höhnte Yobilyn genußvoll. »Mach dich damit vertraut, dies ist erst der Anfang. Es wird noch sehr viel schlimmer kommen.«

Er winkte Moraynir zu sich heran.

»Du bist sehr stolz, Moraynir von Jehran«, sagte er im Plauderton; es klang nach väterlicher Freundlichkeit. »Ich habe es sehr wohl bemerkt. Und das ist gut so. Ein Künstler soll stolz sein auf sich und sein Werk, und wenn er ein großer Künstler ist, so wie du, dann darf er so überheblich auftreten wie ein Kristallprinz bei seinem ersten Liebesabenteuer.« Yobilyn verlor sich für einige Augenblicke in Erinnerungen an längst vergangene Tage; sein Blick wurde verschwommen und weich, änderte sich aber sehr schnell wieder. »Aber für einen Untertanen schickt sich das nicht, das wirst du noch lernen müssen, Moraynir. Du wirst mir, als Balsam für meine wehen Knochen, dein Winseln und Wimmern schenken, so lange, bis du begreifst, daß ich der Herr bin, in allem und jedem. Wenn du willst, magst du dich nun zurückziehen und ausruhen. Schlafe und schöpfe Kräfte, du wirst sie brauchen ...«

Moraynir starrte in das gespannte Gesicht des Imperators. Seit jenem Tag, an dem das Projekt Shahan beschlossen worden war, hatte der Erhabene drei weitere Attentatsversuche überstanden, allesamt eingefädelt von seinem Neffen und Nachfolger Adhemar von Quertamagin. Es waren nur diese drei Versuche gewesen, denn Yobilyn hatte sich einen raffinierten Trick einfallen lassen, seinen mordlüsternen Enkel auszutricksen.

Die Attentäter waren samt und sonders gefaßt worden. Bevor man sie hingerichtet hatte, waren sie pausenlos verhört worden, bis sie alle Namen preisgegeben hatten, die natürlich auf Adhemar verwiesen. Der hatte – ebenso natürlich – geleugnet, erfolgreich. Selbstverständlich hatte niemand ihm geglaubt, aber offiziell war er niemals angeklagt, ja nicht einmal beschuldigt worden.

Yobilyn hatte ihn bewußt verschont und damit allen potentiellen Verschwörern ein Zeichen gegeben: »Tut euch nicht mit diesem da zusammen, es wird euer Untergang sein.« Verständlich, daß Adhemar nach diesen Fehlschlägen keine Personen mehr gefunden hatte, die bereit gewesen wären, sich bei einem so gefährlichen Unterfangen wie einem Putschversuch mit ihm zusammenzutun – zumal der gesamte Hof wußte, daß Adhemar kaum etwas anderes tat, als Attentatspläne und Mordkomplotte zu schmieden, mit ihm als Hauptbegünstigten.

Yobilyns infamer Trick hatte dafür gesorgt, daß sich an der Person seines Nachfolgers nichts geändert hatte – wer immer also Yobilyn ans Leben wollte, beschwor damit die Regentschaft von Adhemar herauf, und die war womöglich noch weniger beliebt als Yobilyns Regentschaft. Alles, was Yobilyn zu tun hatte, und niemals war er von diesem Grundsatz abgewichen, war, niemals zuzulassen, daß man ihn selbst und Adhemar gleichzeitig ausschalten könnte. So lange dieses Prinzip gewahrt wurde, war Yobilyns Leben gesichert.

In diesem Augenblick hätte Moraynir am liebsten ...

Yobilyn lächelte wieder, lachte dann sogar laut, gab damit zu verstehen, daß er Moraynirs Gedanken von dessen Gesicht abgelesen hatte.

Moraynir zog sich in seine Schlafkabine zurück. Er nahm ein Beruhigungsmittel zu sich, aber trotz des Medikaments wollte sich der Schlaf nicht einstellen. Er war einfach zu aufgeregt, um schlafen zu können.

In unregelmäßigen Abständen vollführte die imperiale Jacht nun Transitionssprünge, einen nach dem anderen. Yobilyns Kopf war offenbar nach dem ersten, sehr weiten Sprung, wesentlich empfindlicher geworden, daher zog er nunmehr kurze, nahezu schmerzfreie Sprünge vor. Außerdem ergab sich dabei des öfteren die Möglichkeit, den nächsten Sprung so zu gestalten, daß er – von Arkon aus betrachtet – im Energieschatten einer Sonne endete und das Manöver so nahezu unanpeilbar machte.

Und ein anderer, sehr erwünschter Nebeneffekt dieser langsamen Reise war, daß Moraynir eine längere Zeitspanne zur Verfügung stand: zu hoffen oder sich zu fürchten …

5.

Ich betrachtete Valerie, und in meinem Magen begann sich das Frühstück zu kaltem Schleim zusammenzuballen. Die Kleine wirkte grausig. Man hatte ihr irgendwelche Drogen eingegeben, sicher gut gemeint, um ihr Entzugsschmerzen und ähnliche Beschwerden ersparen zu können. Aber welche argen Nebenwirkungen diese Mittel hatten, war mir bislang nicht bewußt gewesen.

Valerie lächelte in einem fort. Nahezu ohne Pause waren ihre Lippen leicht geöffnet; man konnte die sehr regelmäßigen Zahnreihen sehen, schimmernd wie Perlen. Valerie sah aus wie eine glückliche Idiotin, anders konnte ich es nicht ausdrücken.

Nur ihre Augen lächelten nicht mit; sie hatten jeden Glanz verloren, schienen an mir vorbei oder durch mich hindurch in extragalaktische Fernen zu blicken, vielleicht genau dorthin, wohin sich die elenden Hamamesch abgesetzt hatten.

»Was haben sie nur mit dir gemacht?« murmelte ich betroffen. Valerie lächelte durch mich hindurch. Zugegeben, ein normales Mädchen war sie nie gewesen, nicht normal in dem Sinn von angepaßt, handelsüblich oder konventionell. Sie hatte immer schon eine gewisse Extravaganz an den Tag gelegt; schon ihre strenge, an Schwarz orientierte Kleidung wies darauf hin. Auch der herbe, zurückhaltende Ausdruck ihres Gesichtes hatte dazu gepaßt. Jetzt aber …

»Kann ich den Toten sehen?« fragte Valerie.

»Interessiert dich das?« wollte ich erstaunt wissen. Valerie hatte von je her einen ganz besonderen Geschmack gehabt, aber dies?

Sie zuckte mit den schmalen Schultern.

»Warum nicht? Es wäre einmal etwas anderes?«

»Dann komm!« schlug ich vor. Ich hatte ohnehin geplant, mir den toten Dhellbert Muryl einmal anzusehen; vielleicht konnte ich etwas finden, was den normalen Fahndern entgangen war. Mit der Polizeiarbeit auf Shahan stand es nicht zum besten: Auf einer Welt wie dieser rechnete man normalerweise überhaupt nicht mit Verbrechen, schon gar nicht mit Morden.

Muryl war in einen Kryo-Tank gepackt worden, einen Behälter, der zur Hälfte aus transparentem Glassit und zur anderen Hälfte aus Stahl bestand. Bei einer Temperatur von knapp einhundert Kelvin – also minus 173 Grad der üblichen Celsius-Rechnung – konnte sich die Leiche viele Generationen lang völlig unversehrt halten.

Geo Sheremdoc hatte mich mit den nötigen Daten auf meiner Ausweiskarte ausgestattet, so daß ich keine Probleme damit hatte, in die Halle eingelassen zu werden.

»Scheußlich«, murmelte Valerie dumpf.

Dhellbert war Mitte der achtzig gewesen, als er zu Tode gekommen war. Ein durchschnittliches Gesicht mit einem halb kahlen Schädel, ein wenig übergewichtig, aber ansonsten mehr als normal. Die Daten hatte ich bereits eingesehen. Muryl hatte eine hohe Position in der Kosmischen Hanse bekleidet, bevor ihn die Sucht gepackt hatte; danach war er für diesen Job untragbar geworden, das Sicherheitsrisiko war den Verantwortlichen zu hoch gewesen.

Valerie beugte sich über den Tank und starrte auf die steifgefrorene Leiche hinab.

»Da stimmt was nicht«, sagte sie leise, zuckte mit den Achseln und wandte sich ab. Ich versuchte mir vorzustellen, was in den letzten Jahren im Kopf dieses Mädchens vorgegangen war, da sie dem Tod – noch dazu einem gewaltsamen – mit solcher Gelassenheit entgegentreten konnte.

»Und was stimmt nicht?« wollte ich wissen und betrachtete die Leiche eingehender. Der Gürtel war noch um Dhellberts Hals geschlungen, die restlichen Details versuchte ich lieber auszuklammern. Jemand, der mit einem Gürtel zu Tode stranguliert wurde, bot keinen erfreulichen Anblick; nur in Filmen sahen Leichen schmuck aus – oder schauerlich blutbesudelt.

»Der Gesichtsausdruck«, präzisierte Valerie, während sie sich der Tür näherte. »Er ist wütend gewesen …«

Ich runzelte die Stirn. Was meinte Valerie damit? Muryls Gesichtszüge wirkten aufgeschwollen, vermutlich eine Folge der Strangulation; seine Augen waren geschlossen.

»Syntron, ich brauche eine Abbildung des lebenden Dhellbert Muryl«, forderte ich. Die Syntronik lieferte das Bild binnen weniger Zehntelsekunden.

Es gibt Portraitfotos, auf denen lebendige Menschen wie Wachspuppen aussehen, mit eingefrorenen, mühsam einstudierten Gesichtsausdrücken. Dies hier war ein anderer Fall. Muryl wirkte auf der dreidimensionalen Farbdarstellung gelassen, lebensfreudig, ja sogar heiter; er lächelte breit und außerordentlich sympathisch. Ein ganz anderes Bild als jenes, das die Leiche bot. Schade, daß er hatte sterben müssen; Dhellbert Muryl schien sein Leben genossen zu haben, und nach normaler Berechnung hatte er noch fast ein Jahrhundert Lebensspanne vor sich gehabt.

»Von wann stammt die Aufnahme?« fragte ich nach und bekam zügig die Antwort. Das Bild war vor der Sucht entstanden; kein Wunder, daß sich seine Mimik inzwischen geändert hatte. Die verhängnisvolle Sucht, dazu der Entzug, obendrein eine Fülle schwerer Medikamente, das hinterließ naturgemäß Spuren, auch im Mienenspiel.

»Der Mann ist stinksauer gewesen, als er gestorben ist«, sagte Valerie halblaut.

Nun, wer war schon glücklich und zufrieden und schaute entsprechend, wenn er erdrosselt wurde? Ich wollte das Bild gerade wieder verschwinden lassen, als mir ein Gedanke kam.

»Eine zusätzliche Aufnahme von Dhellbert Muryl aus den letzten Lebenswochen, wenn das möglich ist«, fordert ich an. Einen Sekundenbruchteil später erschien diese Aufnahme, nicht sonderlich gut getroffen, aber doch unverkennbar Dhellbert Muryl.

Ich stieß einen halblauten Pfiff aus.

»Siehst du es?«

Was ich sehen konnte, war, daß der Süchtige sich auf Shahan verändert hatte. Er war magerer geworden, sein Gesicht schlanker, fast ein wenig verhärmt. Seine frühere Gelassenheit hatte sich in eine schlaffe Resignation gewandelt.

Warum hatte dieser Mann sterben *wollen* – Selbstmordthese? Oder sterben *sollen* – Mordthese? Der Kranke hatte nicht ausgesehen wie ein Mensch, der seine letzten seelischen Kräfte auf einen Selbstmord konzentrierte. Und für einen Mord gab es bei diesem Kranken eigentlich nicht den geringsten Anlaß.

»Eine Abbildung des Toten!«

Auch dies wurde von der Syntronik prompt geliefert.

Ich ließ die Bilder sich überlappen, mal diese nach oben, mal das andere, schob sie vor und wieder zurück. Valerie hatte recht. Das Bild des Toten paßte weder zu dem gesunden noch zum kranken Dhellbert Muryl. Es war, als hätte sich eine dritte Persönlichkeit dazwischen geschoben.

Und dieser Jemand hatte sich nicht töten lassen wollen. Valerie hatte recht. Die Syntronik hatte aus der Aufnahme der Leiche all jene Elemente wegretuschiert, die auf seinen Zustand zurückzuführen waren, und nun war es nicht zu übersehen: Dieser Dhellbert Muryl hatte nicht sterben wollen. Aber er war offensichtlich nicht in der Lage gewesen, seine Ermordung zu verhindern.

Ich ließ mir eine Stunde Zeit und betrachtete die Leiche von allen Seiten, sämtliche Möglichkeiten meiner besonderen Optik ausnutzend.

Die Ergebnisse waren mehr als verwirrend.

Die Strangulationsmerkmale an seinem Hals waren eindeutig, als Tatwerkzeug kam nur der Gürtel in Frage. Winzige Abschuppungen seiner Hände auf dem Gürtel, die Abdrücke des geflochtenen Gürtels an seinen Händen – beides bewies, das niemand anderer als er selbst den Gürtel in mörderischer Absicht zusammengezogen hatte. Die Hände waren die eines Täters, aber sein Gesichtsausdruck war eindeutig der eines Opfers.

Wie paßte das zusammen? Hatte Geo Sheremdoc das gewußt, als er mich in diesen Einsatz geschickt hatte? In der Tat, damit hatte er mir eine harte Nuß zu knacken gegeben.

Ich stieß einen langen Seufzer aus und schloß die Untersuchung ab.

Valerie hatte geduldig vor der Tür auf mich gewartet. »Und was jetzt?« wollte sie wissen.

Ich hatte mir von der Syntronik verraten lassen, an welchen Orten auf Shahan sich Dhellbert Muryl zuletzt aufgehalten hatte.

»Wir machen einen Spaziergang«, schlug ich vor und lächelte, so gut ich konnte. »Zur großen Kaskade ...«

Ein robotgesteuerter Gleiter nahm uns auf und brachte uns aus der Stadt Geel-Shahan. Die große Kaskade, eines der zahlreichen Naturwunder des Planeten, lag etwas mehr als einhundert Kilometer entfernt, für einen Gleiter ein Katzensprung.

Valerie saß ruhig auf dem Platz des Kopiloten und

blickte kaum hinaus ins Freie; wo sie mit ihren Gedanken war, wollte ich lieber gar nicht erst wissen. Nach einer halben Stunde wurde der Gleiter langsamer und suchte sich selbsttätig einen Parkplatz.

Chorwan, Shahans Sonne, stand ziemlich hoch und bestrahlte eine wolkenfreie Landschaft, wie man sie sonst nur in einschlägigen Streifen zu sehen bekam. Klare Luft, ein paar weiße Wolken, die über einen strahlend blauen Himmel drifteten. Der Horizont wurde eingenommen von einer zerklüfteten Hügelkette, die mit Bäumen und Sträuchern bewachsen waren.

Dazwischen verliefen Kieswege, die sanft und wohlklingend unter unseren Füßen knirschten, als wir unseren Spaziergang aufnahmen.

»Wunderbar anzusehen, nicht wahr, Valerie?«

Sie antwortete nicht und stapfte nur neben mir, in welche Richtung ich mich auch wandte.

Die Landschaft war wirklich herrlich, ich hatte selten etwas Schöneres gesehen. Es gab Blumen in allen Farben des Spektrums, die ihre Wohlgerüche verbreiteten, Bäume und Sträucher mit buntfarbigem Laub, und alles war so zusammengestellt, daß man nach jeder Wegbiegung einen neuen, überraschenden und schönen Anblick geboten bekam. Außer uns waren einige hundert Spaziergänger unterwegs, die kaum ein Wort sprachen und wie Valerie teilnahmslos durch das Gelände spazierten. Ob sie die Schönheit dieses Platzes überhaupt erreichen konnte?

Am schönsten fand ich die Wasserläufe, eine Ansammlung von Bächen und kleinen Flüssen, die mal in Seen mündeten, mal schroffe Klippen weißgischtend hinabtosten und schließlich in einer riesigen Fontäne endeten. Mehr als einhundert Meter hoch stieg das Wasser, sprühte pilzförmig auseinander und ließ mikrofeinen Wasserstaub über Rasen, Büsche und Wege wehen.

Valerie war stehen geblieben und starrte auf die große Kaskade.

Ich lächelte und stellte mich neben sie. »Schön, nicht wahr?«

An einem Platz wie diesem fiel es sogar mir nicht schwer, den Naturverbundenen zu spielen. Der Anblick hob meine Stimmung gewaltig; er sorgte dafür, daß ich mich gelassener und kräftiger fühlte und alle Mühseligkeiten für einige Zeit vergessen konnte.

Ich betrachtete Valerie. Wenn sich die Wirkung auch auf sie übertragen hätte, wäre mir weitaus wohler gewesen. Sie hatte die Augen geschlossen und lauschte.

Dann erst fiel es mir auf …

In der Luft lagen sanfte, verhaltene Klänge. Es war nicht nur das leise Rauschen der Blätter oder das kraftvolle Plätschern des sprudelnden Wassers. Da war noch mehr, und wenn ich meine Augen schloß und mich darauf konzentrierte, konnte ich es hören.

Was dort erklang, wußte ich nicht, auch nicht, woher diese Klänge stammten. Sie schienen von überall her zu kommen, hüllten uns ein und wiegten unsere Seelen in einen Zustand des Behagens. Ich konnte die Strukturen dieser Musik nicht erkennen, nur ihre Wirkung auf mich spüren. Sie ließ Kraft und Ruhe zugleich in mich strömen, füllte mich ganz und gar aus; mit jedem Atemzug schien ich diese Klänge in mich aufzunehmen, die mich durchdrangen und einspannen. Ich spürte, wie sich meine Wangenmuskulatur entspannte, wie mein Atem allmählich ruhig und gleichmäßig wurde.

Diese Musik machte etwas mit mir. Einen Augenblick lang spürte ich in mir das Verlangen, mich gegen diese Beeinflussung zu stemmen, aber dann gab ich der Versuchung einfach nach und nahm in mich auf, was mir so bereitwillig angeboten wurde.

Langsam spazierten wir weiter. Valeries Hand fühlte

sich warm und trocken an, sie lag ruhig in der meinen, ohne Kraft und Anspannung, gelassen und zufrieden. Offenbar tat dieser Ort nicht nur mir gut, sondern hatte auch eine wohltuende Wirkung auf Valerie. Ich brachte ein schwaches Lächeln zustande, als ich an Geo Sheremdoc dachte, dem ich diesen Auftrag zu verdanken hatte.

Stundenlang wanderten wir durch das Gelände und kosteten aus, was es uns zu bieten hatte. Auf seltsame, für mich nicht faßbare Art und Weise spiegelten die Klänge das wieder, was wir zu sehen bekamen, und übertrugen dies auf unsere Gemüter. Oben auf der Hügelkette blieben wir stehen, blickten hinunter auf die Landschaft, genossen den Frieden und die Weite; nicht einmal die anderen Besucher des Geländes konnten diesen Genuß beeinträchtigen. Unwillkürlich breitete ich die Arme aus, als ich mich umdrehte und hinausblickte in die Ebene, die sich jenseits der Hügelkette erstreckte. Ich hatte Luft zu fliegen, die Schwingen auszubreiten und mich von der Luft und den geheimnisvollen Schwingungen tragen zu lassen, wohin sie mich auch führen mochten.

Ich riß mich zusammen. Wenn jemand mich so zu sehen bekam, war mein Ruf beim Teufel. Ich hatte mich in meinem Leben für die Rolle eines knötterigen Griesgrams entschieden, und dabei sollte es bleiben. Aber es fiel im Moment verdammt schwer.

Chorwan wanderte am Himmel weiter, berührte den Horizont und begann langsam zu sinken. Von der anderen Seite des Panoramas stieg das Nachtdunkel allmählich herauf, die ersten entfernten Sterne waren zu sehen. Das Dunkel war nicht bedrohlich, im Gegenteil, sein Anblick erfüllte mich mit einem Gefühl von Kraft, Größe, ja von Erhabenheit …

Hier wollte ich bleiben, für immer und ewig …

»Nun, Valerie?«

Sie blickte mich an, sanft und müde.

»Ich hätte gerne meinen Plonk«, sagte Valerie leise, und ihre Hand in der meinen wurde hart und kalt.

Von einem Augenblick auf den anderen verschwand der Zauber, der uns für einige Stunden umfangen hatte; die Wirklichkeit hatte uns zurück, und ich begann unwillkürlich zu frösteln. Der Wind, der über die Landschaft wehte, war kühl geworden.

»Gut, wir kehren in die Stadt zurück«, entschied ich. Ein Kodesignal ließ den Gleiter von seinem Parkplatz zu unserem Standort kommen. Wir brauchten nur einzusteigen und den Befehl zu geben, nach Geel-Shahan zurückzukehren. Wenig später lag das Gelände um die große Kaskade hinter uns, aber schwache Nachwirkungen des Ausfluges konnte ich noch spüren: zum Beispiel in der Gestalt eines großen Widerwillens, mich weiterhin mit so scheußlichen Dingen wie einem brutalen Mord – oder Selbstmord – zu befassen.

Es war dieser Gedanke, der mich abrupt in die Realität zurückstieß. »Wie fühlst du dich, Valerie?«

Sie hob die schmalen Schultern.

»Müde? Oder traurig? Resigniert? Bitte beschreibe es so genau wie möglich, ja?«

»Ich weiß nicht!« Mehr an Antwort brachte sie nicht zustande.

Ich erinnerte mich daran, daß Dhellbert Muryl die Kaskade zwei Tage vor seinem Tod besucht hatte. Auch er mußte diese geheimnisvollen Klänge wahrgenommen und gespürt haben; er war ein Imprint-Süchtiger gewesen, ebenso wie Valerie. War es dieses Erlebnis gewesen, das ihm den letzten Kick gegeben hatte, ihn seelisch endgültig aus der Bahn geworfen hatte?

Ich spürte in mir selbst nach, ein schwieriges Unterfangen. Mein Gebiet war die präzise Beobachtung und logische Auswertung von Fakten. Gefühle und Sentimentalitäten waren da nur hinderlich. Aber in diesem besonderen Fall schien es keinen anderen Weg zu geben.

Nein, so etwas wie Resignation und Verzweiflung konnte ich bei mir nicht spüren. Der Ausflug hatte mir gutgetan – besser, als es zu dem Verhaltensmuster paßte, an das ich mich gewöhnt hatte: knurriger, schrulliger Einzelgänger, ein bißchen verschroben und querköpfig, durchaus nicht bereit, sich nach herrschenden Konventionen zu richten. Ich begann mich zu fragen, ob mein Lebensstil auf lange Sicht wirklich derjenige war, nach dem ich leben wollte.

Aber ich spürte keinen Zwang, mich zu verändern. Nicht den geringsten. Der Besuch hatte mich nachdenklich gemacht, aber er hatte mich seelisch nicht aus der Bahn geworfen. Nach wie vor war ich in meinen Entscheidungen frei, und ich merkte, daß mir der Gedanke eine gewisse boshafte Freude bereitete, mich für den Rest des Tages eben nicht so angepaßt zu verhalten, wie es das Ausflugserlebnis sanft suggeriert hatte. Auf diesem Planeten würde sich wohl Hochprozentiges auftreiben lassen, für einen gemütlichen Schlummertrunk, wenn ich erst Valerie zu Bett gebracht hatte …

Einen Vorteil, pardon, hatten Imprint-Sucht und starke Medikamente: Valerie erwies sich einmal mehr als das folgsamste Kind, das man sich nur denken konnte. In unserer Klinik, die mehr einem luxuriösen Hotel als einem Hospital ähnelte, bekamen wir eine brauchbare Abendmahlzeit, und eine Stunde später schickte ich Valerie ins Bett. Sie gehorchte brav und zog sich in unser Appartement zurück. Auch die Medikamente, die man ihr verschrieben hatte, nahm sie mit üblicher Folgsamkeit.

Ich blieb in der großen Halle des Hotels und betrachtete die anderen Gäste dort. Wie ich nicht anders erwartet hatte, war die allgemeine Stimmung nicht besonders gut; an ihren Verhaltensweisen waren die ruhiggestellten Imprint-Süchtigen unschwer von den Angestellten der Klinik zu unterscheiden.

Die Patienten saßen in kleineren Gruppen beieinander und unterhielten sich gelangweilt; die Medikamente, die sie hatten nehmen müssen, dämpfte nicht nur die in ihnen brennende Sucht nach den Imprint-Waren, die es nicht mehr gab, sie wirkten ebenso dämpfend auf andere Wünsche und Sehnsüchte.

Einige der Gestalten kamen mir bekannt vor. Die junge Frau, die knapp zwanzig Meter von mir entfernt saß, trug die markanten Gesichtszüge der Freyts. Ihr Vorfahr hatte vor vielen Jahrhunderten zu den engsten Freunden und Mitarbeitern von Perry Rhodan gehört. Auch einige andere Insassen der Klinik trugen Namen, die auf die lange Geschichte der Terraner verwiesen – ein Nachfahre Balton Wyts war darunter, eine Urur ... enkelin mit dunkler Hautfarbe entstammte vermutlich der Nachkommenschaft von Nome Tschato, dem legendären Kommandanten des Schlachtkreuzers LION.

»Nun, Fortschritte gemacht?«

Der sarkastische Tonfall allein hätte ausgereicht, den Sprecher kenntlich zu machen. Geo Sheremdoc hatte sich auf Shahan eingefunden. Ohne mich zu fragen, nahm er an meinem Tisch Platz. Ein paar neugierige Blicke trafen ihn, aber man ließ uns ungestört.

»Bis jetzt nicht«, antwortete ich. »Muryl ist tot, soviel steht fest, und er ist nicht freiwillig gestorben, auch das ist klar. Alles andere steht in den Sternen.«

Ich bestellte über den Servo eine Flasche Hochprozentigen, die auch brav geliefert wurde, zusammen mit einem Glas.

»Auch etwas?«

Sheremdoc schüttelte den Kopf. Irgendwelche Laster schien er nicht zu haben, abgesehen von seinem Ehrgeiz, und das wiederum war eine Schwäche, von der ich wiederum verschont geblieben war.

»Wir waren heute im Freien«, berichtete ich Sheremdoc. »Bei der großen Kaskade. Dort haben wir eine sehr beeindruckende Musik gehört, aber ich konnte nicht feststellen, woher die Klänge gekommen sind. Sie wirken ziemlich stark auf die Psyche, jedenfalls bei den meisten Menschen. Hast du eine Ahnung?«

»Shahan war früher eine Art Urlaubswelt«, klärte mich Sheremdoc auf. »Als der Planet noch zum Großen Imperium von Arkon gehört hat. Yobilyn hieß der Imperator, und er hat zahlreiche Musikanlagen in den Untergrund des Planeten einbauen lassen.«

»Musikanlagen?«

Sheremdoc machte einige fahrige Gesten.

»Er wollte alles und jedes in Klänge übersetzt haben«, fuhr er fort. »Inzwischen ist er von der Geschichte praktisch vergessen worden, aber seine Anlagen sind geblieben. Harmlose Maschinen, die niemandem etwas tun. Die Klänge sind angeblich beruhigend und heilsam. Warum fragst du?«

»Weil deine Diagnose richtig ist. Die Musik ist beruhigend, sogar sehr. Wirkt sogar auf mich.« Ich grinste ihn breit an. »Wenn ich das Zeug länger hören muß, wird womöglich sogar das aus mir, was man einen guten Menschen nennt.«

»Kaum vorstellbar«, kommentierte Geo Sheremdoc trocken. »Aber es wäre interessant es zu beobachten.« Er verzog das Gesicht. »Ausgerechnet Orpheus Chambers als Gemütsmensch ...«

»Muryl hat die Kaskade einen Tag vor seinem Ende aufgesucht«, sprach ich weiter, ohne auf den schlechten Scherz einzugehen. »Wenn er dort gewesen ist, wird er kaum in der Stimmung für Selbstmord gewesen sein.«

»Also bleibt es dabei: Er ist ermordet worden. Gut,

dann finde den Grund dafür heraus«, konterte der LFT-Kommissar. »Ich will wissen, wer es getan hat, und vor allem will ich das Motiv in Erfahrung bringen.«

»Was ist daran so wichtig?«

Geo Sheremdoc zögerte mit der Antwort.

»Wir können die Tatsache von Muryls Ermordung nicht für alle Zeit geheimhalten«, sagte er dann. »Spricht sich so etwas aber herum, werden die Angehörigen verlangen, daß man ihre Verwandten anderswo unterbringt. Mit Diskretion und Geheimhaltung ist es dann vorbei ...«

Ich nickte, ich hatte verstanden. Nachlässig füllte ich mein Glas und nippte an dem Inhalt. Der Stoff war genau richtig temperiert.

»Und was führt dich nach Shahan?« fragte ich.

Sheremdocs Augen wurden zu Schlitzen.

»Weil es in den letzten Stunden einen weiteren Mord gegeben hat«, sagte er leise. »Eine ältere Frau, man hat ihr mit einem spitzen Gegenstand mehrmals auf den Kopf geschlagen ...«

6.

»Wo ist es?« fragte der Imperator, drehte sich langsam um seine Achse und ließ den Blick über die Oberfläche des Planeten gleiten. Er stand, gekleidet in einen stabilen Raumanzug, auf der höchsten Erhebung von Shahan; ein schwacher Sturm trieb Schneeflocken vor sich her, die um seinen Körper wirbelten. Yobilyn hatte sein Individualschirmfeld eingeschaltet, das ihn sowohl vor den treibenden Schneeflocken als auch vor dem Strahl einer auf ihn gerichteten Waffe beschützen konnte. »Ich kann nichts sehen!«

Moraynir lächelte verhalten.

»Die Anlagen sind unterirdisch, Erhabener«, gab er bekannt. »Niemand weiß, wo sie sind. Die Roboter, die sie erbaut haben, wurden deprogrammiert; sie haben vergessen, was sie getan haben und wo sie gearbeitet haben.«

Yobilyn kniff mißtrauisch die Augen zusammen.

»Und die anderen? Die Arkoniden, Springer und alle anderen?«

»Wurden nur unter der Erde eingesetzt«, erklärte Moraynir. »Sie wurden in geschlossenen Raumschiffen hergeflogen, haben den Planeten und die Sternkonstellationen über ihm also niemals zu sehen bekommen. Inzwischen sind sie fort. Von ihnen wird ebenfalls keiner das Geheimnis verraten können. Es gehört Euch ganz allein, Erhabener!«

Yobilyn blickte ihn giftig an. »Noch nicht ganz allein«, bemerkte er anzüglich. »Also – was hast du mir vorzuführen?«

»Konzentriert Euch, Erhabener«, bat Yobilyn und trat einen Schritt zurück. »Ich habe die Anlage verhalten eingerichtet, wie es Eurem Geschmack entspricht, nicht so laut und lärmend, daß jedermann ihren Reiz erkennen könnte.«

Yobilyn machte eine herrische Geste.

»Tritt näher her ...«, gebot der Imperator, verstummte dann aber plötzlich. »Oha!«

Die heftige Bewegung von Hand und Arm hatte einen heftigen Windstoß als Echo bekommen, ein dumpfes Brausen klang über den Gipfel. Yobilyn erstarrte, und der Ton verklang.

Dann hob er allmählich die Arme und lauschte. Seine Gesichtszüge verklärten sich.

»Das ist es ...«, murmelte er. Der Imperator wirbelte um seine Achse. Eine Wolke von Schneeflocken stob auf und bildete einen wirbelnden Trichter, ganz in seiner Nähe. Mit einer heftigen Gebärde scheuchte der Imperator den Schnee davon, packte ihn und preßte ihn zusammen. Ein kräftiger Wind zog fauchend über den Gipfel, packte den Schnee und stieß ihn vor sich her.

»Herrlich ...!« begeisterte sich Yobilyn.

Er legte seine Willens- und seine Körperkraft in die nächsten Bewegungen. Einem Orkan gleich orgelte der Wind über den nahegelegenen Gletscher. Krachend barst das Eis und spie Fontänen glitzernder Kristalle von sich; ein reißender, gleißender Strom jagten die Kristalle über das Land, trieben Schneeballen vor sich her, die sich mit kraftvollem Dröhnen zusammenfanden und dann schmetternd hinunterdonnerten zu Tal.

Yobilyn gab Laute des Verzückens von sich.

Er begriff und spürte, was geschah. Mit seinem Willen und seiner Kraft kontrollierte er die Natur von Shahan. Er allein hatte den Schneesturm entfesselt, und er spürte, wie der Widerhall dieser tobenden Kraft in seinen Muskeln zitterte. Er spürte, wie die Lawine hinabdonnerte und seine Kraft zusammenfaßte; mit allen Nervenfasern nahm er die zertrümmernde Gewalt dieser Lawine in sich auf. Er ließ Felsen zerbersten und zerplatzen, und hoch über allem orgelte der klangliche

Widerhall seiner Kraft, Fluten von Klängen, wohllautend und doch mit Energie zum Platzen gefüllt. Er selbst war diese Urgewalt, er allein löste sie aus, und zur selben Zeit spürte er sie in sich selbst.

Yobilyn breitete die Arme aus. Es war nicht nur diese Bewegung, auch das Spiel seiner Finger gehörte dazu, daß Spreizen der Hände, die Art und Weise, wie er die Beine anspannte, um kräftiger zu stehen – all dies wurde übertragen in ein abenteuerliches Geschehen in der Natur, in entfesselte Gewalt und in Musik. Er konnte diese Kräfte beschwichtigen, konnte sie allmählich verrinnen lassen.

Ein Windhauch strich sacht über den Gipfel, trieb Schnee vor sich her. Frieden kehrte in seine Seele ein, Ruhe und Gelassenheit; alle Beschwerden schienen vom Imperator abzufallen, ein wohliges Wärmegefühl breitete sich in ihm aus, während der unaufhörlich wirbelnde Schnee in dichtem Gestöber damit begann, das Land sachte zu bedecken.

Abermals loderte der Sturm auf, packte den Schnee und hetzte ihn über die Flächen, ließ Wolken aufsteigen und Sturzbäche entstehen; wieder zerbarsten Felsen, grub sich das Wasser tief in das Gestein, ließ Eiszapfen aufschimmern und glitzernde Kristalle entstehen.

»Wahrhaftig!« stieß Yobilyn hervor. »Du hast es wirklich vollbracht.« Der Imperator breitete die Arme aus. »All dies – es gehört mir. Und es tut, was ich sage ...«

»Und es klingt, Erhabener«, fügte Moraynir hinzu. »Diese Maschinerie bildet Euren Willen zu Kräften um und führt Eure Wünsche aus. Und sie wandelt all dies in Klänge um. In wohllautende Klänge, wie ich anmerken möchte. Ihr werdet keinen Mißton zu hören bekommen. Von einer Ausnahme abgesehen ...«

»Und das wäre?«

»Diese Welt ist ein Planet des Friedens und des

Glückes, Erhabener. Sie wurde geschaffen und verwandelt zu Eurem Ergötzen. Nichts, was hier geschieht, vollzieht sich ohne dazugehörige Klänge. Nicht einfach nur Geräusche oder schlicht in Klänge übertragenes Geschehen. All diese Vorgänge sind harmonisch, beziehen sich aufeinander und auf Euch. Selbst gewaltige Ausbrüche oder entfesselte Stürme – all dies wird in Euren Ohren kraftvoll aber wohlklingend zu hören sein. Nur ein natürliches Geschehen, das habe ich nicht in Wohlklang übertragen können.«

Yobilyn starrte ihn an. »Du meinst den Tod?«

Moraynir senkte das Haupt.

»Dies ist mir nicht gelungen, Erhabener. Den Tod in Klang umzusetzen, ist nicht sonderlich schwierig. Aber es klingt verlogen, wenn es gut klingt. Und wenn die Musik wirklich einmal echt ist, dann entfesselt sie ein Gefühl des Schauderns ...«

Yobilyn lächelte giftig.

»Was für ein geschickter Trick«, lobte er. »Auf diese Weise also willst du dein Leben retten. Du willst mir ein paar Dissonanzen ersparen, welche die Folge deines Todes wären?«

Moraynir schwieg.

Yobilyn wandte sich wieder um und ließ seinen Blick über die Bergwelt schweifen.

Dunkle Wälder bis sehr hoch hinauf, Flüsse, Wasserfälle, Seen. All dies war zu sehen und auch zu hören. Er brauchte sich nur zu konzentrieren ...

Die unwiderstehliche, sanfte Gewalt eines Gletschers ...

Die innere Erheiterung, wenn er die purzelnden Kapriolen eines schmalen Eisbachs in sich aufnahm. Behäbige Ruhe, ein Hauch von Ewigkeit, wenn er sich in die schwarzen Wälder vertiefte ...

Yobilyn ließ den Wind los. Erst in schwachen, aufstäubenden Stößen. Schnee wirbelte und setzte sich an Klüften wieder ab; die Wipfel bogen sich unter dem Druck des Windes, und er hörte, wie die Harmonien einander durchdrangen und gegeneinander kämpften. Er verstärkte seinen Druck. Die Gewässer stiegen aus ihren Betten und brachen sich gischtend Bahn, unwiderstehlich rissen sie alles mit sich, entwurzelten Bäume, stürzten Felsen übereinander …

Und alles dies schuf er, er allein gebot dieser Natur. Es war eine Frage der Übung und der Konzentration, das war offensichtlich. Man mußte lernen, mit diesen Mächten umzugehen.

Yobilyn konnte die Tiere sehen, wie sie vor dem Sturm aus dem Wald flüchteten. Weiße Fontänen stäubten ihnen nach, hüllten sie ein.

Das Beben der gejagten Kreatur war in Yobilyn zu spüren; sein Atem beschleunigte; er erlebte, wie seine Muskeln vibrierten, während es in seinen Ohren dumpf brauste und rauschte. Er konnte die Quellen dieser Klänge nicht mehr einzeln orten, es verschmolz alles zu einer Gesamtheit aus Kraft und Klang und Ewigkeit.

Noch einmal packte der alternde Imperator mit seinen geistigen Kräften zu, steigerte den Sturm bis zum Orkan, klatschte den Tieren die geballten Schneemassen entgegen, jagte sie vor sich her, immer weiter, durch ein peitschendes Gewirr aus Zweigen und Schnee …

Und dann …

Yobilyn, der Imperator, spürte, wie seine Atmung jäh aussetzte, als er den Abgrund spürte. Er sah ihn nicht, nicht so, wie er ihn normalerweise gesehen hätte. Er spürte die Tiefe als jähes Absacken seiner Kräfte, die sich in ein Nichts zu verströmen schienen. Von einem Augenblick auf den anderen klemmten ihn die Klänge die Atmung ab, spürte er, wie die Laute in seiner Kehle zusammenklebten und ihn erstickten. Und dann …

Yobilyn taumelte zurück. Er wäre gestrauchelt und hingefallen, wäre nicht Moraynir zu ihm gesprungen und hätte ihn aufgefangen.

Der Imperator ließ ein Ächzen hören. Sein Blick flackerte unstet, wie der eines verängstigten Tieres, das den Jäger hinter sich wußte.

»Das war schauerlich«, seufzte er leise. »Du hast recht, das sollte niemand hören müssen.«

Es hatte nicht lange gewährt, nur Sekundenbruchteile, in denen seine Wahrnehmung vor dem Nichts gestanden hatte. Keine Geräusche mehr, nicht mehr das angespannte Beben und Zittern der Muskeln, kein hektischer Herzschlag, der bis in die Zehenspitzen zu spüren war. Nicht mehr das dumpfe Dröhnen von Hufen auf dem Schnee, das Fauchen des Windes, das Ächzen der sturmgepeitschten Äste.

Nur Stille. Nichts mehr. Gar nichts mehr.

Nicht einmal mehr Angst.

Nichts …

»Warum kann ich dich nicht spüren?« fragte Yobilyn. Er ließ einen kräftigen Wind in Moraynirs Haaren wirbeln. Die Kraft und den Schabernack konnte er spüren. Daß sich Moraynirs Atem beschleunigte, konnte er an den weißen Dunstwolken vor dessen Mund sehen oder auch einfach hören. Aber von Moraynirs Gefühlen konnte er nichts erfassen.

»Es ist in der Programmierung nicht vorgesehen, Erhabener«, beteuerte der Komponist. Der Sturm steigerte sich von Minute zu Minute. Yobilyn, der nur ein paar Schritte entfernt war, konnte der Sturm nicht erfassen; der Imperator wurde durch seinen Raumanzug geschützt. Aber Moraynir wurde von der Gewalt des Windes gepackt und spürte den Druck auf seinen Körper wachsen. Er mußte sich immer kräftiger dagegen stemmen, wenn er nicht von den Beinen gerissen und davongewirbelt werden wollte.

Yobilyns Gesicht war maskenstarr. Ohne körperlichen Bewegungen, nur mit der Kraft seines Geistes, kontrollierte er die Naturkräfte, die sich auf dem Gipfel dieses Berges austobten. Moraynir konnte spüren, wie sich Yobilyn langsam und sehr vorsichtig an die kritische Grenze herantastete ...

Dann ließ der gewaltige Druck mit einem Schlag nach, der Wind flaute ab und der Schnee begann wieder still und harmlos zu rieseln. Das Idyll stellte sich wieder ein.

»Du wirst die Anlage erweitern müssen«, ordnete Yobilyn an.

»Erweitern, Erhabener?«

»Du hast richtig gehört, Moraynir. Zunächst einmal bin ich mit deiner Arbeit zufrieden. Mehr noch, ich gebe zu, entzückt zu sein. Du hast dich selbst übertroffen – jedenfalls an diesem Ort von Shahan. Ich werde in den nächsten Tagen und Wochen andere Regionen des Planeten überprüfen, aber ich bin zuversichtlich, daß deine Kunstfertigkeit auch diese Probleme gemeistert haben wird. Nur eines fehlt, und das wirst du mir liefern.«

»Und was wäre das?«

Yobilyn ließ seinen Blick wieder über das Panorama wandern. An der äußersten Grenze des Gesichtskreises war das Schimmern einer Wasserküste zu sehen; der Blick des Imperators saugte sich dort fest.

»Du hast die Macht und die Kraft, die Schönheit der Natur in Klänge gießen können, Moraynir«, murmelte Yobilyn. »Du hast auch daran gedacht, daß es neben der unbelebten Natur noch Leben gibt. Das war sehr klug von dir. Nur hättest du dort nicht haltmachen dürfen.« Sein Blick wurde streng. »Ich will alles, verstehst du,

Moraynir, wirklich alles in Klang verwandelt haben. Nicht nur Berge, Flüsse, Seen, Wolken und Wind. Nicht nur Fische im Wasser und Tiere im Wald. Ich will auch dich auf diese Weise spüren und hören können. Bis in die allerletzte Faser deines Wesens.«

Moraynir wurde bleich.

»Erhabener«, stammelte er fassungslos. »Ich weiß wirklich nicht, ob ich dazu ...«

»Ich kann deine Fertigkeiten offenbar besser einschätzen als du selbst«, unterbrach ihn der Imperator. »Du wirst es schaffen. Ich will alles hören und wissen, alles. Was immer es gibt.« Ein tückisches Lächeln stahl sich auf seine Züge. »Und noch eines, Moraynir ...«

Der Komponist und Musiktechniker senkte das Haupt und wartete demutsvoll auf die Anweisungen.

Yobilyn lächelte sein böses, faltiges Lächeln. »Du brauchst mich dabei nicht auszunehmen«, sagte er leise.

»Bitte?« Moraynir glaubte seinen Ohren nicht trauen zu dürfen.

»Ich will Arkoniden und andere intelligente Geschöpfe ebenso spüren können wie die Tiere vorhin, bis in die letzte Faser ihres Lebens. Die genauen Gedanken interessieren mich nicht, ich weiß, daß die Technik dazu nicht ausgereicht. Aber du wirst imstande sein, ihre Körperhaltung, ihre kleinen, winzigen Gesten, ihre Atmung, den Lidschlag und vieles andere mehr in Klänge zu übersetzen. Und ich werde lernen, auf diese Weise zu hören, wie jemandem zumute ist – einschließlich meiner eigenen Person.«

»Erhabener«, stammelte Moraynir, fassungslos angesichts dieses Vorhabens. »Ist dies nicht ...?«

»Ja, sprich dich aus, Moraynir ...«

»Ist es nicht vermessen, Erhabener«, brachte Moraynir über die Lippen. »Vielleicht sogar ... gotteslästerlich?«

Er wartete auf den Ausbruch des Imperators, auf die Entladung des allerhöchsten Zorns. Yobilyn hatte Arkoniden wegen weitaus geringerer Vergehen verhaften und auf Verbannungswelten schicken lassen ...

»Du könntest recht haben«, sagte Yobilyn und starrte an Moraynir vorbei ins Leere. »Vielleicht ist es eine Lästerung der Götter.« Er lächelte schwach. »Falls es Götter gibt, woran ich zweifle ...«

Yobilyn verstummte und holte tief Atem.

»Auf der anderen Seite ...«, fuhr er fort. »Wenn deine Arbeit getan ist, dann werde ich wissen, ob es Götter gibt. Vielleicht ja, vielleicht nein.« Er ließ ein kurzes, trockenes Lachen hören. »Durchaus möglich, daß es am Ende dieser Prozedur nur noch ein göttliches Wesen gibt ... mich!«

Moraynir schnaufte vor Erregung.

»Nun, wie gefällt dir das?« fragte Yobilyn. »Sicher bist du trotz deiner Angst und Beklemmung intelligent genug, die wundervolle Ironie dieses Vorhabens zu erkennen. Denn wenn es anschließend nur einen Gott, also mich, in diesem Kosmos gibt, dann verdanke ich diese göttliche Stellung ausschließlich dir, niemandem sonst. Selbst kein Gott, wirst du dich rühmen können, einen Gott geschaffen zu haben. Wer kann das schon von sich sagen?«

Moraynir schluckte. Er wußte nicht mehr, was er tun sollte. Yobilyns Maßlosigkeit machte ihn schwindlig.

»Nun zeig mir eine andere Gegend des Planeten«, forderte Yobilyn ihn auf. »Ich will die Küste sehen ...«

Das Beiboot der imperialen Jacht brauchte nur wenige Minuten, um die beiden einzigen Passagiere an das Ziel zu bringen. Hoch oben auf der Klippe blieb Yobilyn stehen. Knapp einhundert Mannslängen unter ihm brandete das Wasser des Ozeans gegen das Felsgeklüft; die Brandung ließ weiß schäumende Gischt durch die Luft fliegen, das Tosen der Wellen war überall zu hören.

»Da braucht es fast keine Musik mehr.« Yobilyn lachte gutgelaunt. »So etwas gibt es auf Arkon nicht mehr, eigentlich schade ...«

Wann genau die drei Welten des Arkon-Systems zu der berühmten Dreier-Konstellation zusammengefügt worden waren, war ein Staatsgeheimnis und nur Eingeweihten bekannt. Die offizielle Lesart war, daß die Natur oder die Sternengötter oder beide zusammen dieses einmalige System geschaffen hatten, das daher vorbestimmt gewesen war für die Glorie und den Ruhm von Arkon. Aus den selben Gründen war auch bekannt, wie die drei Arkon-Welten in ihrem ursprünglichen Zustand einmal ausgesehen hatten. Jedenfalls, da hatte Yobilyn recht, gab es so etwas wie natürliche Ozeane auf Arkon nicht mehr.

Yobilyn blickte sich um.

»Natürlich werden wir auch diese Welt nach unseren Wünschen gestalten«, sagte er leise. »Aber nicht so, daß jeder Narr es auf den ersten Blick bemerkt. Wir werden es so machen, daß die Oberfläche ganz natürlich aussieht – perfekt natürlich, verstehst du?«

»Euer Wille, Erhabener ...«

Imperator Yobilyn schnitt ihm mit einer energischen Handbewegung das Wort ab.

»Du wirst es schon schaffen«, verkündete er abschließend und wandte sich dem Meer zu.

Dunkle, langsam anschwellende, sich sacht in sich selbst wiegende Töne, Klänge voll sanfter Kraft, tragend und schwebend, füllten die Luft und wurden stärker. Das konstante Brausen eines kräftigen Windes mischte sich hinein und schwoll an.

Moraynir allein wußte, welche Maschinen und welche Energien gebraucht wurden, um dieses Schauspiel möglich zu machen. Für unbegrenzte Zeit ging das nicht, aber einige Tage lang konnte Yobilyn sich dieser einen Fantasie hingeben, wenn er wollte. Er war kein Mann großer Geduld, er schätzte die Vielzahl der Reize höher ein als das einzelne Vergnügen.

»Aaahhh!« stöhnte der Imperator auf.

Er hatte die Arme weit ausgebreitet und wühlte jetzt mit langsamen, kraftvollen Schwüngen seiner Arme die Wasser des Ozeans auf, ließ die Flut emporschäumen an den Klippen, sich im Felsgewirr brechen und wieder zurückschwappen. Gleichzeitig brauste und orgelte der Sturm mit verheerender Gewalt über das Meer und die Küste, zerrte an Kleidung und Haaren. Yobilyn öffnete den Mund, ließ sich den Geschmack des salzigen Windes in die Lugen blasen; er spürte die Kraft dieses Sturms und gab sie sofort wieder zurück. Beide Augen hatte er geschlossen, war ganz und gar diesem faszinierenden Ansturm hingegeben.

Moraynir hatte sich geduckt, er spürte, wie seine Kleidung durchnäßt wurde und ihm der Sturmwind den Atem von den Lippen zu zerren schien.

Dies war der Augenblick ...

Ein Aufspringen, ein Anstürmen – wenn er sich mit aller Kraft gegen den Imperator warf ...

Unsinn, törichtes Unterfangen. Zum einen hätte der immer vorsichtige Yobilyn die Attacke sicherlich rechtzeitig gewittert und abgewendet. Zum zweiten wäre er durch seinen Anzug geschützt gewesen. Selbst wenn es Moraynir gelungen wäre, den verhaßten Tyrannen in die Tiefe zu stürzen, die Klippen hinab in die aufgewühlte See – der Individualschirm hätte Yobilyn gerettet. Und danach ...

Nein, dies war kein günstiger Augenblick für ein Attentat. Außerdem hätte die Jacht Moraynir niemals zurückgebracht; sie wir ausschließlich auf den Imperator eingestellt. Moraynir hätte bis zum Ende seiner Tage auf Shahan zurückbleiben müssen – und dieses Ende hätte sehr lange auf sich warten lassen können.

Unterdessen hatte der Imperator einen furchtbaren Sturm entfesselt, so stark, wie er ihn gerade noch ertragen konnte. Yobilyn stemmte sich gegen den Wind, er schrie, ganz in seine Gedanken verloren und seine Gefühle vertieft, gegen die Gewalten an, die er zugleich entfesselte und kontrollierte; es war ein Ausbruch von Gefühlen, wie ihn Moraynir bei dem Imperator noch nie erlebt hatte.

Die Anwesenheit seines Komponisten schien der Imperator völlig vergessen zu haben, er hatte sich ganz seinem Spiel überlassen. Auch ohne die besonderen Fähigkeiten, die von den Maschinen vermittelt wurde, konnte Moraynir die Faszination spüren, die von diesem Spiel ausging. Er hatte es selbst einige Male bei Probeläufen genossen.

Er wußte, wie es war, sich mit der ganzen Körperkraft gegen die elastische Feder des Sturmes zu stemmen, sich gleichsam an den Wind zu lehnen und ihn so zu steuern, daß er einen aufrecht hielt und nicht umfallen ließ. Er hatte es geliebt, wenn dieser Wind durch seine Haare gefahren war, stürmisch und leidenschaftlich wie eine Geliebte, ihn packend und an ihm zerrend, kraftvoll bis dicht an den Schmerz heran. Er erinnerte sich, wie es war, wenn man kaum mehr Luft bekam, weil die Luft so voll aufgepeitschter Gischt war, daß man darin hätte ertrinken können. Wie es sich anhörte, wenn die Wellen gegen die Klippen peitschten, wenn man ihre ungeheure Kraft spürte, die doch nicht gegen die unerbittliche Härte der Klippen ankam. Der Boden erzitterte bei jedem Aufprall, man spürte die Hammerschläge der Brandung wie dumpfe Hiebe in den Unterleib. In den

Ohren brauste und dröhnte der Wind, riß einem die Laute der Angst und des Entzückens von den Lippen und wehte sie von dannen.

Und in diesem Fall kamen die Klänge dazu: ein hohes, beinahe schmerzlich schrilles Pfeifen, das die Spitzen des Windes und der Wellen symbolisierte; das Dröhnen einer unsichtbaren Orgel, die man bis in die Eingeweide spüren konnte, darunter das sanfte, den Magen erschütternde Brummen entfesselter Naturkräfte – all dies verband sich zu einem Gemisch aus natürlichen und der Natur nachgeformten Klängen, die Körper und Seele mit ungeheurer Gewalt erfaßten und nicht wieder los ließen.

Der Himmel hatte sich bewölkt, schwarz verfärbt. Es war kaum noch etwas zu sehen, aber jetzt gleißte der erste Blitz durch das Nachtdunkel; grellweiß zackte er zuerst von einer Wolke zur anderen, dann jagte er hinunter in das Wasser, in die brodelnd schwarze, von weißen Schaumkronen überzogene Fläche.

Es war, als wolle der Himmel dieses Gewässer erschießen. Unendlich kalt und tief erschien der Ozean, ein niemals überwindbarer Feind des Lebens, nur durch die Unerschütterlichkeit der Felsen darin gehindert, alles Lebendige in seinen Schlund zu zerren und hinabzuziehen. Nichts, so schien es, war imstande, diesen Gewalten zu trotzen, wenn sie einen zu fassen bekamen. Und immer wieder jagten die grellen Entladungen der Blitze aus dem Himmelsdunkel hinunter in das brausende Chaos, tobte dumpf grollend der Donner über die Fluten.

Es fiel Moraynir schwer zu atmen. Ob er wollte oder nicht, er wurde in diese Auseinandersetzung zwischen Mensch und Natur hineingezogen; selbst als Zuschauer konnte er der faszinierenden Gewalt dieser Bilder nicht widerstehen.

Yobilyn schrie gellend. Welche Worte sich aus seiner Kehle lösten, Yobilyn wußte es nicht. Er erinnerte sich auch nicht mehr an das, was er an gleicher Stelle geschrien hatte. Es war eine unheimliche Mischung aus Lauten gewesen, die ähnlich unwiderstehlich und brodelnd wie der Ozean vor ihm aus der Tiefe seiner Seele aufgestiegen war. Triumph hatte er herausgebrüllt, das Machtgefühl eines Arkoniden, der es wagte, der Natur selbst und ihren Göttern Widerstand zu leisten, sie herauszufordern, zu reizen, sie anzustacheln und ihnen dennoch zu widerstehen. Angst hatte in seinen Ausbrüchen mitgeschwungen. Angst zu sterben. Angst davor, leben zu müssen. Angst vor der Einsamkeit, vor der unglaublichen Intensität der eigenen Gefühle, Angst vor der Angst an sich, davor, sich in diesem entfesselten Chaos zu verlieren, nicht mehr zu wissen, wo man selbst aufhörte und wo die Natur begann ...

All dies und vieles mehr, das ihm deutlich nie bewußt geworden war, nicht vorher und nicht in diesem Augenblick – all dies hatte er herausgeschrien, bis er jenen Zustand erreicht hatte, in den nun auch Yobilyn verfiel.

Erschöpfung. Das Ende der seelischen, der geistigen und der körperlichen Kräfte. Die Lungen wollten nicht mehr, die Beine waren weich geworden; die Arme baumelten schlaff herab. Die Stimme war nicht einmal mehr ein Krächzen, nur noch ein atemloses Keuchen und Nach-Luft-Schnappen, und seelisch war der Geist so leer, wie er sich nie zuvor gefühlt hatte.

Es ging einfach nicht mehr weiter ...

Yobilyn taumelte rückwärts. Moraynir sprang auf und packte zu. Jetzt fauchte der Wind nur noch leise, eine Raubkatze, die sich auf leisen Sohlen entfernte, aber ein letztes Mal hören ließ, daß ihre Kräfte zum Weitermachen durchaus noch reichten.

»Gut ...!«

Yobilyn brachte das Wort kaum über die Lippen. Sein Körper war erschlafft, er hatte die Augen geschlossen.

Moraynir sah, daß der Imperator lächelte. Müde, ausgepumpt, erschöpft – und auf seltsame Art und Weise glücklich ...

Und Moraynir brachte es einfach nicht fertig, ihn in diesem Augenblick zu töten ...

7.

»Es muß zwischen diesen beiden Todesfällen eine Verbindung geben«, überlegte Geo Sheremdoc. »Aber welche? Ich hatte gehofft, du wärest imstande, mir auf diese Frage eine Antwort zu geben.«

Ich grinste freudlos.

In meinen Eingeweiden wütete der Ekel. Ich hatte in meinem Leben nicht allzu viele Leichen zu sehen bekommen, und die meisten waren alte, friedlich entschlafene Menschen gewesen, keine Mordopfer. Und von den Leichen im Trivideo weiß man als kundiger Zuseher, daß sie für diese Zwecke maskiert und hergerichtet worden sind – mal auf sexy, mal auf bluttriefend.

Diese Leiche gehörte eindeutig in die zweite Kategorie, und sie sah ganz besonders scheußlich aus.

Die Frau hatte sehr viel Blut verloren, das nicht ersetzt, nur weggewischt worden war. Infolgedessen war ihre Haut gräulich weiß; es sah übel aus. Die Augen waren geschlossen, das Gesicht angespannt. Die Miene deutete auf Konzentration und Entschlossenheit hin – aber der Zustand der restlichen Leiche sprach eindeutig gegen diesen ersten Eindruck.

Die Tatwaffe war gefunden worden – ein Werkzeug aus Stahl mit einer scharfgeschliffenen Spitze. Angeblich wurde es von Spezialisten für Gartenarbeiten gebraucht; ob das stimmte, entzog sich meiner Kenntnis. Die Waffe hatte einen handlichen Griff, sogar anatomisch geformt, dazu besagte Spitze. Damit war die Frau getroffen worden – fünf Mal.

Die Kopfwunden waren deutlich zu sehen; ich blickte nur einmal zaghaft hin und wandte mich dann ab. Dieser Mord unterschied sich von allem, was ich jemals an Ermittlungsarbeit gemacht hatte.

»Die Gemeinsamkeit ist, daß beide tot sind«, sagte

ich, nur um etwas zu sagen. Warum ließ Sheremdoc mich nicht einfach in Ruhe? »Und beide sind eines gewaltsamen Todes gestorben, innerhalb weniger Tage. In beiden Fällen existiert niemand, der als Täter auch nur in Verdacht geraten könnte.«

Sheremdoc nahm einen Schluck Fruchtsaft und nickte langsam. Er winkte mir zu, wir verließen die Halle. Draußen stieß ich erst einmal einen Seufzer der Erleichterung aus. Jetzt hätte ich eine größere Dosis Schnaps gebrauchen können, nur wegen meines Magens, versteht sich.

»Für Mord«, sagte Geo Sheremdoc, »gibt es in beiden Fällen keine eindeutigen Hinweise. Keine Fingerabdrücke, keine Täter oder Verdächtige, die in der fraglichen Zeit in der Nähe gewesen wären. Auf der anderen Seite – ist es möglich, daß jemand sich auf diese Weise selbst ermordet haben könnte? Mit einem Pickel sich selbst fünfmal auf den Schädel hauen? Oder sich mit eigener Hand erdrosseln?«

Ich hob abwehrend die Hand und schüttelte den Kopf.

»Unvorstellbar«, sagte ich entschieden. »Da müßte sich so etwas wie ein Selbsterhaltungsinstinkt bemerkbar gemacht haben. Und bei der Erdrosselung – wenn jemand sich selbst bis zur Bewußtlosigkeit stranguliert hat, noch nicht bis zu Tode wohlgemerkt, dann müßte seine Hand erschlaffen und damit automatisch den Griff lockern.«

Sheremdoc nickte. »Ich denke in die gleiche Richtung«, verriet er mir; sein Lächeln war hart und bitter. »Aber es liefert uns leider keine Ergebnisse.«

»Glaubst du, daß ein und derselbe Täter für beide Morde in Frage kommt?« fragte ich nachdenklich.

Geo Sheremdoc hob die breiten Schultern.

»Woher soll ich das wissen?« gab er zurück. »Wir

wissen ja nicht einmal, was das Motiv gewesen ist, weder bei dem Mann noch bei der Frau. Sie waren beide harmlos ...«

»So harmlos doch wohl nicht«, warf ich zweifelnd ein. »Beide waren Geheimnisträger ...«

»Und sind seit Jahren auf Shahan interniert«, unterbrach mich Sheremdoc. »Warum sollte man sie ausgerechnet jetzt für interessant halten? Beide Opfer waren süchtig, beide wurden mit Medikamenten ruhiggestellt. Sie waren zuletzt völlig sanft und harmlos, für niemanden eine Gefahr. Ich kann mir nicht ein einziges Motiv vorstellen, daß einen Menschen in diesen beiden Fällen zum Mörder hätte machen können.«

»Rache, Neid, Habgier, Sexuelles ...«, zählte ich auf. »Es gibt immer eine Fülle denkbarer Motive. Die Menschen sind in den letzten Jahrtausenden kein bißchen besser geworden.«

Sheremdoc schüttelte den Kopf und sah mich vorwurfsvoll an.

»Ganz bestimmt nicht hier und jetzt, in ihrem Zustand und auf Shahan. Nein, da steckt etwas anderes dahinter, etwas ganz anderes.«

»Und das soll ich herausfinden, nicht wahr?«

»Dafür wirst du bezahlt«, konterte Sheremdoc trocken.

Wir hatten mein Appartement aufgesucht und uns an einen Tisch gesetzt. Im Nachbarraum lag Valerie auf ihrem Bett, starrte gelassen und unerschütterlich die Decke an. Ich durfte gar nicht daran denken.

»Nebenbei«, fragte ich halblaut, »wie sieht es aus? Findet ihr bald ein Mittel gegen die Sucht? Gibt es Nachrichten von Rhodan?«

Sheremdoc antwortete mit einem leisen Seufzer.

»Leider nicht«, antwortete er. »Wir haben der Bluesflotte, die schon seit vielen Monaten weg ist, hochkarätige Spezialisten mitgegeben, die ganz gezielt nach einem Mittel gegen diese Imprint-Sucht fahnden sollen. Wenn sie Glück haben …«

Ich machte eine wegwerfende Handbewegung. »Vergiß es«, sagte ich rauh. »Daraus wird garantiert nichts.«

Sheremdoc lächelte müde. »In diesem Punkt bin ich wie Perry Rhodan«, sagte er leise. »Ich gebe nie die Hoffnung auf, bis zuletzt nicht.«

»Ich habe schon überzeugendere Durchhalteparolen gehört«, meinte ich matt. »Kehren wir zum Thema zurück. Syntron, einschalten!«

Das Appartement verfügte über einen kombinierten Interkom-Syntron-Trivideo-Anschluß, wie ich ihn auch in meiner Behausung hatte. Es hing ausschließlich von den Wünschen des Bewohners ab, welches Systems er sich bedienen wollte. In diesem Fall tauchte, so groß wie die entsprechende Wand, das markante Kennsymbol der Syntronik auf.

»Ich möchte, daß alle Daten der beiden Toten miteinander verglichen werden«, ordnete ich an. »Jede nur irgend denkbare Gemeinsamkeit ist aufzulisten.«

»Keine genaueren Spezifikationen?« erkundigte sich die Syntronik. Auf Shahan hatte man sich für eine Männerstimme entschieden, jung, beflissen höflich und völlig unerschütterlich.

»Was immer dir an Daten zur Verfügung steht«, bestimmte ich.

»Hier Geo Sheremdoc!« Seine Stimme und sein Aussehen schienen ihn für die Syntronik hinreichend zu identifizieren; der überlichtschnelle Rechner erkannte Geo Sheremdoc und begrüßte ihn. »Zur Ermittlung sollen *alle* Daten herangezogen werden«, bestimmte Sheremdoc, »auch solche Daten, die normalerweise dem Schutz unterliegen. Ergeben sich daraus Gemeinsamkeiten, so sind sie zuerst mir vorzulegen.«

Ich ahnte, was es mit diesem Befehl auf sich hatte. Im Gegensatz zu sehr altmodischen Rechnern, die nur das behalten, was man ihnen speziell als Daten anbietet, die sie sich merken sollen, können sich Syntroniken auch Daten einprägen, wie ein Mensch dies tun kann – beiläufig, aus dem Zusammenhang gerissen, einfach zufällig. Normalerweise können diese Daten von niemandem angefordert werden, gleichgültig, ob sie wichtig oder von Bedeutung sind. Das hat etwas mit der tiefverwurzelten und nachvollziehbaren Abneigung der Terraner gegen permanente Überwachung zu tun.

Nur in Ausnahmefällen hatten ganz bestimmte Personen auf praktisch alle Daten Zugriff, die jemals personenbezogen gesammelt worden waren. Geo Sheremdoc als LFT-Kommissar war offenbar eine dieser Personen.

Die Syntronik brauchte nur kurze Zeit, bis sie zu einem Ergebnis gekommen war. »Es gibt Übereinstimmungen«, berichtete sie und legte los.

Der größte Teil dieser Gemeinsamkeiten war schlichter Quatsch, völlig ohne Belang – beide benutzten das Wort ›man‹ ungefähr doppelt so oft wie der Durchschnittsbürger. Beide zogen bestimmte Fruchtsäfte vor und was dergleichen Wichtigkeiten mehr waren.

Aber es gab ein paar Übereinstimmungen, die ein wenig interessanter klangen.

»Beide haben in sicherheitsrelevanten Abteilungen gearbeitet«, stellte Sheremdoc fest.

»Kein Wunder, daß sie schließlich aus diesem Grund beide nach Shahan verfrachtet worden sind«, kommentierte ich.

Beide hatten ungefähr die gleiche Gehaltsklasse. Meinetwegen.

Beide waren Weintrinker gewesen. Mochten sie, ich zog Whisky vor. Beide hatten sie …

»Augenblick!« stieß ich hervor. »Was ist das?«

Es war erstaunlich, in der Tat. Beide Ermordeten hatten in den letzten Jahren des öfteren Ferien gemacht. Beide waren dabei auf Ferrol und einigen anderen Planeten der Wega gewesen.

»Paßt nicht«, kommentierte Geo Sheremdoc. »Sie haben zwar dieselben Planeten besucht, aber dies nicht zur selben Zeit ...«

»Syntronik, bitte überprüfe, ob es auf Shahan noch jemanden gibt, der ebenfalls im Wegasystem gewesen ist, auf Ferrol oder einem anderen Planeten. Und zwar zur gleichen Zeit wie Muryl und die Frau.«

Geo Sheremdoc runzelte die Stirn.

»Was versprichst du dir davon?« wollte er wissen. »Jedes Jahr fahren Hunderttausende von Terranern nach Ferrol. Schließlich hat das Wegasystem seine besonderen Geheimnisse ...«

Ich wußte, worauf er anspielte.

Ganz präzise wußte ich es nicht mehr, aber vor vielen Jahrzehntausenden hatte das System der Wega einen Planeten mehr aufzuweisen gehabt, für einige Zeit jedenfalls. Dieser Planet war Wanderer gewesen, die ursprüngliche Heimat jenes unbegreiflichen Geschöpfs, das wir ES nannten – oder das ›Fiktivwesen von Wanderer‹. Im Wegasystem hatte Perry Rhodan in seinen frühen Jahren zum ersten Mal die Spur der Superintelligenz aufgenommen und sich daran gemacht, die Geheimnisse von Wanderer und ES zu lösen. Kernpunkt dieser Geheimnisse war die relative Unsterblichkeit gewesen, verliehen von ES, verabreicht auf Wanderer ...

Was Wunder also, daß jedes Jahr Hunderttausende von Galaktikern nach Ferrol im Wegasystem reisten, um wenigstens die ersten Stationen dieser Jagd nach ES mit eigenen Augen bestaunen zu können.

»Dyamhehn Mavvion«, ließ sich die Syntronik vernehmen. »Er war zur selben Zeit im Wegasystem ...«

»Volltreffer!« murmelte ich grinsend. »Alle Daten, die du kriegen kannst, Syntron.«

Dyamhehn Mavvion war ein noch ziemlich junger Mann, knapp über fünfzig. Er hatte einen Job bei der Kosmischen Hanse gehabt, war süchtig geworden und nach Shahan gebracht worden. Wie die Daten auswiesen, war das geschehen, noch bevor Shahan zur Spezialwelt für VIPs bestimmt worden war.

Ich blickte auf das Foto, das überlebensgroß auf der Leinwand abgebildet wurde.

»Ist dies das neueste Bild?« fragte ich.

»Nein, eine ältere Aufnahme. Jetzt sieht Mavvion so aus«, antwortete die Syntronik.

In diesem Augenblick machte es in meinem Kopf ›Klick!‹.

Ich blickte Geo Sheremdoc an und grinste zufrieden. »Kannst du es sehen?« fragte ich.

Geo Sheremdoc starrte intensiv auf das Gesicht vor der Wand. Naturgetreue Farben, dreidimensionale Darstellung, dazu mehr als lebensgroß. Rechts die ältere Aufnahme, links das Bild neueren Datums. Das alte Bild war speziell für solch eine Datensammlung aufgenommen und archiviert worden, das neue Bild kaum mehr als ein Schnappschuß.

»Es ist derselbe Mann«, stellte er fest. »Ich kann keine besonderen Unterschiede erkennen. Worauf willst du hinaus?«

»Das Wesentliche hast du damit gesagt«, klärte ich ihn auf. Ich zögerte nur einen Augenblick lang, dann hatte ich eine Idee. Ich rief halblaut nach Valerie. Sie kam sofort.

»Mädchen«, sagte ich. »Was fällt dir auf diesen beiden Bildern auf? Ich sage dir gleich dazu, daß es sich um jemanden handelt, der als Imprint-Süchtiger hier auf Shahan einquartiert worden ist.«

Es war erstaunlich, wie präzise Valeries Geist trotz der Sucht und trotz der Medikamente funktionierte. Von der Sucht selbst wurde der Verstand des Süchtigen nicht beeinflußt, aber die unbezähmbare Gier nach Imprints hatte natürlich Einfluß auf den Charakter und die Entschlüsse des Opfers.

»Als ob das so schwierig wäre«, sagte sie. »Es ist zweimal derselbe Mann, das ist alles. Brauchst mich noch?«

»Nein, danke«, sagte ich und lächelte ihr aufmunternd zu. Ohne Widerhall, wie üblich. »Du hast deine Sache wieder sehr gut gemacht.«

Geo Sheremdocs Miene hatte sich verändert. Er wirkte jetzt gereizt und angespannt.

»Kann mir endlich jemand sagen, was zum Teufel ...«

Er unterbrach sich abrupt. Jetzt war der Groschen auch bei ihm gefallen. Er sprang auf und starrte beide Aufnahmen an.

»Er hat sich kein bißchen verändert«, stieß er heiser hervor. »Trotz Imprint-Sucht.«

»Und trotz der Medikamente, die er gegen die Sucht angeblich wird einnehmen müssen«, ergänzte ich. »Dieser Mann ist ein Simulant, er spielt uns den Süchtigen nur vor.«

Geo Sheremdoc kniff die Augen zusammen. »Und wozu macht er das?« wollte er wissen.

»Woher soll ich das wissen?« fragte ich zurück. »Syntron, können wir ein Itinerar dieses Mannes zu sehen bekommen?«

Oh ja, es hatte schon seine Vorteile, wenn man uneingeschränkt auf alle Daten einer Syntronik zurückgreifen konnte.

Syntronische Beobachtungssysteme gab es zu Hunderttausenden, zu den unterschiedlichsten Zwecken, und die meisten waren bei Tag und Nacht aktiv und speicherten irrsinnige Mengen an Daten. Daß ich von einer Syntronik überwacht, kontrolliert und bedient wurde, wenn ich an meiner Bank Bargeld abholen wollte, erschien nicht nur mir völlig normal. Aber daß die gleiche Syntronik auch alle Personen registrierte, vollautomatisch, gewissermaßen unbewußt, die in der Warteschlange hinter mir standen ... das wußte kaum jemand. Und wenn ich in der Halle über eine Syntronik einen Drink bestellte, dann bekam dieser Syntron gleichzeitig mit, wer sich sonst noch in der näheren Umgebung aufhielt, was diese Leute untereinander redeten, was sie bestellt hatten und Tausende von Details mehr. Bei jedem menschlichen Lauscher mit scharfen Augen und feinem Gehör würden sich die Menschen soviel Anteilnahme – und Neugierde – verbitten, aber da man auf Syntroniken kaum einmal achtete und sie auch nur in den seltensten Fällen als vorhanden optisch registrierte, nahm man sich bei Syntroniken nicht so sehr zusammen.

Eine Folgeerscheinung: Syntroniken, die von datenschutzbedingten Restriktionen befreit waren, konnten schier unglaubliche Mengen an Zufallsdaten über Personen gespeichert haben und zu sinnvollen Kombinationen zusammenstellen. Beispielsweise zu einem Itinerar, einem möglichst vollständigen Verzeichnis, wann sich die fragliche Person wo aufgehalten hatte ...

Und in diesem Fall waren die Ergebnisse ausgesprochen bemerkenswert, stellte ich fest: Mavvion hatte es in sich.

Geo Sheremdoc blickte mich an, nickte und grinste.

»Ich habe recht behalten«, sagte er mit einem Tonfall der Zufriedenheit, der mir sofort sauer aufstieß. Wenn

Sheremdoc zufrieden ist, kommt für mich nichts Gutes dabei heraus.

»Womit?« wollte ich wissen.

»Ich wußte, daß du das Rätsel würdest knacken können«, sagte er. »Oder hast du je daran gezweifelt?«

Ich hätte mir lieber die Zunge abgebissen als das zuzugeben. »Selbstverständlich nicht«, sagte ich.

8.

»Hier entlang, Erhabener ...«

Moraynirs Stimme klang leise und kraftlos. Er wagte kaum den Blick zu heben. Abermals waren einige Jahre ins Land gegangen. Yobilyn lebte noch immer. Er lebte mühsam, nur von den Ärzten am Leben erhalten, geplagt von kleinen und großen Schmerzen. Die tägliche Arbeit hatte er nahezu vollständig seinem Nachfolger Adhemar übertragen, aber dieser Nachfolger war gezwungen, im Hintergrund und im Verborgenen zu bleiben. Offiziell lag aller Ruhm und alle Macht noch immer in den gichtverkrümmten Händen des alten Yobilyn. Der Alte hatte es so gewollt, und sich seinem Willen zu widersetzen, wagte längst niemand mehr.

Die Hoffnung der Arkoniden, der Zaliter, der Springer und aller anderen Völker, die aus Arkoniden hervorgegangen waren oder von ihnen beherrscht wurden, konzentrierten sich nur auf ein Ziel: am Leben zu bleiben, bis Yobilyn endlich die Augen für immer schloß. Und danach zusehen, was sich mit dem neuen Imperator arrangieren ließ. Bis dahin galt es, die Nerven zu bewahren und nicht unangenehm aufzufallen. Jedes Stirnrunzeln des alten Tyrannen konnte dazu führen, daß die Leibwächter aus dem Volk der Naats in Arbeit traten.

Yobilyns dürre Lippen hatten sich in einem Zustand andauernder Heiterkeit verkrampft; selten sah man ihn mit einem anderen Gesichtsausdruck. Er änderte ihn nicht, weil es weh tat, eine Miene zu verziehen. Außerdem täuschte das Grinsen seine Gegenüber über das hinweg, was sie wirklich erwartete.

»Du bist endlich fertig geworden?« fragte er knurrig.

»Es ist alles so, wie Eure Erhabenheit es verlangt hat«, bestätigte Moraynir eilig.

»Alles, wirklich alles?«

Es war an Moraynir zu lächeln. »Ja«, sagte er ruhig. »Die Arbeit ist abgeschlossen, zu einem Ende gebracht. Das Werk ist vollendet. Es wird für ewig und alle Zeiten den Ruhm Eurer Erhabenheit verkünden.«

»Nicht den deinen?«

Moraynir blickte seinen Gebieter an. Seit Jahrzehnten lebte er nun so: Jedes Wort, das er sprach oder nicht sprach, konnte ihn den Kopf kosten, theoretisch. In der Praxis war er unentbehrlich, bis das große Werk vollendet war.

Folglich hätte er nur dafür Sorge zu tragen gehabt, daß sich die Bauarbeiten hinzogen bis nach Yobilyns Tod. Danach hätte er Chancen gehabt, seine Freiheit und sein Leben zurückgewinnen zu können.

Aber diesen Ehrgeiz und diese Furcht hatte er bereits hinter sich gelassen. Obwohl noch vergleichsweise jung an Jahren, hatte das Leid ihm mehr Lebenserfahrung vermittelt, als andere in Jahrzehnten hatten sammeln können. Moraynir war geistig auf der Höhe, intellektuell leistungsfähig; er war schlank und trieb Ausgleichssport; bis jetzt hatte er über keinerlei Beschwerden zu klagen gehabt. Und doch ...

Er war des Lebens müde.

Er hatte daran gearbeitet, maßgeblich sogar, die Träume eines anderen Wirklichkeit werden zu lassen. Vermessene, hochfliegende, ja blasphemische Träume, Träume geboren aus Aberwitz, Hochmut und Wahnsinn. Er hatte ihre Erfüllung auskosten können, aber es hatte ihm nichts bedeutet. Sein Interessen waren von anderer Art geworden als jene, die Yobilyn umtrieben.

»Wann kann ich es sehen?«

»Sofort, Gebieter«, sagte Moraynir eilfertig. Er wußte, daß Yobilyn ihn in wenigen Stunden, nach dem ersten erfolgreichen Probelauf der gesamten Anlage, höchstwahrscheinlich töten lassen würde.

Moraynirs Lippen formten sich zu einem schmalen Lächeln. Das würde eine herbe Enttäuschung für den alten Menschenquäler geben. Sicher erwartete der Imperator, daß Moraynir um sein Leben bangte, daß er zittern und beben würde, vielleicht sogar winseln und flehen. Vielleicht, auch solche Arkoniden gab es, würde sein Stolz größer sein als die Todesangst; er würde sich fürchten, sich aber nichts anmerken lassen. Lieber aufrecht sterben, als auf dem Bauch kriechend zu überlegen.

Aber das würde den Kern von Moraynirs Wesen nicht mehr treffen. Er hatte dies alles hinter sich gelassen.

Er war – einfach gesagt – am Leben nicht mehr interessiert. Er hatte ausgekostet, was es auszukosten gab, und er hatte alles letztlich schal gefunden. Yobilyn hatte ihm – nicht ohne einen Beigeschmack von Tücke – die Freiheit gegeben, eine Familie zu gründen, vielleicht mit der infamen Absicht, seine Todesangst ein wenig steigern zu können.

Aber es war ihm nicht gelungen. Eine Frau oder ein Kind, das wie ein Symbiont an einem klebte, wollte Moraynir nicht haben; wenn schon, dann wollte er selbständige Kinder und eine entsprechende Partnerin. Dann aber lief es immer auf das gleiche hinaus: Es war schön, solche Menschen um sich zu haben; mußte man ohne sie leben, war dies zwar nicht angenehm, aber es ließ sich aushalten. Wenn man sich nicht zu sehr auf den anderen einließ, verringerte sich die Gefahr, durch Abschied oder Trennung Schmerz zu erleiden.

Das beste Verfahren aber, keinen Schmerz zu erleiden, war vergleichsweise einfach: sein Leben an nichts mehr zu hängen, alles seinen Lauf gehen zu lassen, es hinzunehmen, wie es kam, und passieren zu lassen, wie es ablief. Ob er starb oder lebte, das war für Moraynir gleichgültig geworden; nicht einmal der Gedanke daran, daß Yobilyn in seiner Wut zu unvorstellbarer Grausamkeit fähig war, konnte Moraynir noch erschrecken. Er war imstande, sich seelisch und geistig so in sich selbst zurückzuziehen, daß er für körperliche Qualen praktisch nicht mehr erreichbar geworden war.

»Hier, Gebieter ...«

Moraynir trat respektvoll einen Schritt zur Seite und überließ dem Imperator den Vortritt.

Yobilyn hinkte über die Schwelle. Er bewegte sich langsam, und ihm war anzusehen, daß er Schmerzen litt. Moraynir zuckte mit keiner Miene, aber er war sich der Paradoxie durchaus bewußt.

Niemals durfte es zugelassen werden, daß ein Imperator Arkons in der Öffentlichkeit als erkrankt, leidend oder hinfällig gezeigt wurde. Ein Imperator hatte, unabhängig von seinem wirklichen Alter, frisch und beweglich auszusehen, er mußte dynamisch wirken, im Vollbesitz seiner geistigen, seelischen und körperlichen Kräfte. Und dieses ungeschriebene Gesetz war so stark, daß selbst die imperiale Allmacht eines Yobilyn nichts dagegen vermochte.

Der Erhabene mußte es sich gefallen lassen, daß man aus seinem Gesicht die Falten wegschminkte, daß man seinen Körper mit betäubenden und schmerzlindernden Spritzen traktierte, seine Körperhaltung mit kosmetischen Hilfen aufrecht erscheinen ließ und vieles mehr, bis er mehr einer halbrobotischen Aufziehpuppe glich als dem Imperator eines gigantischen Sternenimperiums.

»Was soll das sein, Moraynir?« fragte Yobilyn grimmig. »Willst du mich veralbern?«

»Dies ist der Zugang zum eigentlichen Geheimnis von Shahan«, versicherte der Komponist. »Er ist auf besondere Art und Weise angelegt worden, damit er unter gar keinen Umständen enttarnt und entdeckt werden kann.«

Yobilyn knurrte etwas Unverständliches.

»Deswegen eine primitive Liftkabine aus einem Plastikmaterial«, fuhr Moraynir fort. »Aufgehängt an einem Plastikseil, das ebenso unzerreißbar wie nicht zu orten ist.«

Yobilyn musterte die enge Kabine, drehte sich um und starrte Moraynir an. Langsam nickte der Imperator.

»Wir fahren zusammen«, bestimmte er und trat in die Liftkabine. Moraynir folgte ihm. Sanft anruckend begann die Kabine in die Tiefe zu gleiten.

»Wo liegt der Boden dieses Schachts?« wollte Yobilyn wissen.

»Fünfzehn Kilometer unterhalb der Oberfläche«, antwortete Moraynir. »Kein Ortungssystem wird das Geheimnis dort entdecken können.«

»Praktisch«, murmelte Yobilyn mit giftigem Spott, »vor allem, wenn man Leichen verschwinden lassen will.«

»Dafür«, widersprach Moraynir sanft, »waren die Räume eigentlich nicht gedacht ...«

Wenige Minuten später hielt die Kabine an. Yobilyn blickte sich um und runzelte die Stirn.

»Ich sehe Panzerungen aus Stahl, moderne Maschinen zuhauf ...«, beschwerte er sich. »Anlagen dieser Art ...«

»Können hier nicht geortet werden«, widersprach Moraynir gelassen. »Laßt Euch überraschen, Erhabener. Ich habe an solche Einwände gedacht und sie berücksichtigt.«

Er schritt langsam voran und führte den Imperator durch die weiträumige Anlage. Alles gab es dort, was ein Imperator von Arkon an Bequemlichkeiten erwarten konnten; eine Hundertschaft hochmoderner Roboter wartete darauf, seine Befehle entgegenzunehmen und umzusetzen. Es gab Schlafzimmer, Hygieneräume von modernstem Standard, Speisesäle, eine perfekt eingerichtete Küche – der Imperator brauchte in dieser Unterwelt auf praktisch nichts zu verzichten.

»Gut gemacht«, lobte Yobilyn halblaut. Er hatte sich einen Schwebestuhl kommen lassen, in dem er Platz genommen hatte, um seine müden Glieder zu entspannen. »Aber das ist doch nicht alles, oder?«

»Nein, der Höhepunkt wartet noch auf Euch, Erhabener«, beteuerte Moraynir. »Das eigentliche Kernstück der Anlage, in dem Eure kühnsten Wünsche in Erfüllung gehen werden.«

Yobilyn starrte ihn von der Seite her an und lachte kurz.

»Was weißt du schon von kühnsten Wünschen? Und ganz besonders von den meinen?« murmelte er. »Vorwärts, Moraynir! Ich habe es eilig. Du nicht auch?«

War das eine Anspielung darauf, daß Moraynir nach Abschluß dieser Besichtigung sterben mußte? Der Komponist und Baumeister ging nicht darauf ein.

Statt dessen führte er den Imperator in seinem Schwebestuhl in eine große Kuppelhalle, die auf den ersten Blick aussah wie ein Planetarium. Das Dunkel des Weltraums war zu sehen, durchkrustet von den Abbildern von Sternen, Sternhaufen und Wolken kosmischen Staubs.

In der Mitte des Raumes war Platz gelassen worden für den positronisch gesteuerten Schwebesessel, davor ragte ein Gebilde in die Höhe, dessen Bedeutung dem Imperator zunächst unklar war.

»Man könnte es eine Orgel nennen«, erklärte Moraynir. »Ihr könnte sie durch Berührung antreiben, aber auch durch die Kraft Eurer Gedanken. Es wird ein wenig Zeit und Übung kosten, ihre Bedienung zu erlernen, aber Ihr werdet sehen, daß sich dieser Aufwand lohnen wird.«

»Ich soll etwas lernen? In meinem Alter?«

»Für diese Kunst ist es niemals zu spät«, behauptete Moraynir, während Yobilyn in der Mitte des Raumes Platz nahm. Vorsichtig streckte er seine Hände nach der metallisch schimmernden Orgel aus.

In diesem Augenblick änderte sich das Bild ringsum. Verschwunden war der Weltraum, den Yobilyn schon so oft gesehen und durchflogen hatte. Jetzt war er von allen Seiten eingehüllt von einer echtfarbigen, dreidimensionalen Abbildung des Planeten, gestochen scharf bis zum letzten Farbpixel. Die Täuschung war perfekt, Yobilyn konnte sich wirklich fühlen wie in der freien Natur.

Er ließ seinen Bewegungen, Gedanken und Fantasien freien Lauf. Er bewegte sich durch die Luft, tauchte in das Wasser des Ozeans hinab und streifte über den Grund des Meeres. Dann stieg er mit rasender Geschwindigkeit auf, schoß hoch in die Luft, wiegte sich in den Winden und schwang sich der Sonne entgegen. Alle diese Bewegungen wurden blitzschnell umgesetzt, nahezu verzögerungsfrei. So atemberaubend war der Eindruck, daß der Imperator die Anwesenheit eines anderen Geschöpfs völlig vergaß.

Für ihn schmolzen all diese Sinneseindrücke zusammen. Die metallenen Pfeifen der seltsamen Orgel schienen gleichsam in die Natur hineinzuwuchern, in Sturzbächen zu münden, in rauschenden Wäldern, im offenen Krater eines gerade eruptierenden Vulkans.

»Von hier aus«, erklärte Moraynir mit ruhiger Stimme, »werden die natürlichen Kräfte des Planeten angezapft. Die Einstrahlung der Sonne, das Feuer der Magma, die Gewalt der Wogen. Von hier aus werden diese Kräfte gelenkt und geformt, und alles, was geschieht, wird augenblicklich transformiert in Klänge und Musik. Von hier aus, ohne dich anstrengen zu müssen, vermagst du alle Phänomene dieser Welt zu hören – und sie nach deinen Wünschen zu gestalten, wenn es dir beliebt.«

Yobilyn wandte nicht den Kopf, als er antwortete, erstaunlich ruhig und gelassen für sein Temperament: »Du wagst es, mich so respektlos anzureden?«

»Ich habe mein Werk vollendet«, sagte Moraynir. »Jetzt werde ich nicht mehr gebraucht. Von diesem Augenblick an kann mir jedes Wort, das ich spreche oder auch nicht spreche, den Tod bringen. Und wenn es mir schon beschieden ist zu sterben, will ich wenigstens durch Worte sterben, die mir selbst gefallen.«

»Oho!« ließ sich Yobilyn vernehmen. »Stolz bis zuletzt? Nennt man das Todesmut, mein tapferer Moraynir? Und wie klingt dieser Todesmut, wenn man ihn in Musik umsetzt?«

»Auch das kann ich dir demonstrieren, wenn du willst.«

Yobilyn nickte versonnen. »Nicht jetzt«, sagte er halblaut. »Erst will ich erkunden, was du für mich geschaffen hast. Du kannst dich zurückziehen ...«

Moraynir deutete eine knappe Verbeugung an und verließ den Raum. Noch gab ihm das Schicksal – und sein Mut, dieses Schicksal herauszufordern – eine letzte Chance. Ihm standen gewisse Möglichkeiten zu Gebote, und die gedachte er nun auszunutzen.

Der Komponist schritt durch die Räume und Kammern des unterirdischen Palastes, den er für Yobilyn geschaffen hatte. Vor einer der Wände blieb er stehen. Dort hatte er ein Portrait seiner selbst anbringen lassen. Es war eine lebensgroße Abbildung in der feierlichen Tracht des Hofkomponisten. Sein Gesichtsausdruck war ruhig und ehrerbietig, er hatte die rechte Hand zum Gruß erhoben.

Moraynir brauchte nur die Fingerspitzen zu heben, um die geheime Tür zu öffnen. Geräuschlos schwang sie zur Seite, gleichzeitig flammte die Beleuchtung auf, einen Augenblick später schloß sich die Tür wieder hinter dem Eintretenden.

Moraynir aktivierte das Hyperfunkgerät. Die Frequenz hatte er bereits eingestellt. Es dauerte nur wenige Sekunden, bis die Verbindung hergestellt war.

»Du hast mich lange warten lassen, Moraynir«, grollte Adhemar von dem Bildschirm herunter. »Meine Geduld ist allmählich erschöpft.«

»Ich bin so vorgegangen, wie es die Lage erforderte«, antwortete Moraynir unbeeindruckt.

»Was ist nun? Kann ich auf Shahan landen?«

»Sobald es dir beliebt«, antwortete Moraynir. »Aber du weißt natürlich, daß der Imperator von deinem Anflug erfahren wird.«

Adhemar machte eine wegwerfende Gebärde.

»Das laß meine Sorge sein«, stieß er unwillig hervor. »Sieh du zu, daß unser Plan funktioniert. Du weißt, daß dein Leben davon abhängt. Und Arkons Schicksal in Zukunft.«

»Das ist mir durchaus bewußt«, sagte Moraynir mit einem schmalen Lächeln und unterbrach die Verbindung.

Er wußte, daß Adhemar mit einem schwerbewaffneten Schiff im Anflug auf Shahan war; an Bord waren zahlreiche Roboter, vor allem Kampfmaschinen, erprobt und kampfstark genug, auch eine entsprechend gerüstete Besatzung des Planeten niederzukämpfen.

Wirkliche Verteidungseinrichtungen gab es auf Shahan gar nicht, jedenfalls nicht solche, mit denen Adhemar gerechnet hatte.

Moraynir verharrte einige Augenblicke in ruhigem Nachdenken. Adhemar hatte durchaus recht: In den nächsten Stunden würden sich viele Schicksale erfüllen, auch das seine.

Moraynir war bereit für die Auseinandersetzung …

Er verließ den Raum und stellte befriedigt fest, daß er unentdeckt geblieben war. Langsam kehrte er in die große Halle zurück.

Yobilyn hatte den Vulkan für sich entdeckt. Das Grollen der Eruptionen ließ die große Halle schwingen; ein tiefes, kraftgeschwängertes Brummen klang durch den Raum, ein Laut nach entfesselter Wut und ungeheurer Energie.

Gleichzeitig tobte über dem Vulkan ein Sturm. Mächtige Entladungen lösten sich knatternd aus den Wolken, Wasserfluten prasselten herab. Das Wasser vermischte sich mit der tosenden Lava, Rauch- und Dampfsäulen stiegen auf und wurden verweht, alles umgesetzt in beeindruckende Klänge, die dem Beobachter ein Gefühl seiner eigenen Macht vermittelten. Yobilyn schien diese enthemmten Naturgewalten zu genießen.

»Was gibt es?« fragte der Imperator, ohne aufzusehen. Düsterroter Schein von dem Magma wallte durch die Halle, deren Boden heftig vibrierte. Man konnte wirklich glauben, im Inneren dieser tobenden Elemente zu stehen, ja, ihre Gewalt gleichsam in allen Gliedern des eigenen Körpers spüren zu können.

Yobilyn bewegte sich schnell, er schien seine Arthritis völlig vergessen zu haben. Der Rausch der Macht und die Gewalt der Klänge schienen alle anderen Empfindungen zu unterdrücken.

Abrupt hörte das Chaos auf, Yobilyn zog sich zurück. Der Regen verebbte langsam, der Vulkan beruhigte sich wieder.

»Wie hast du das gemacht?« wollte der Imperator wissen. »Wie kommt es, daß deine Anlagen davon nicht beeinträchtigt werden?«

Moraynir lächelte. »Das wird mein Geheimnis bleiben«, sagte er gelassen.

Yobilyn drehte sich, diesmal begleitet von einem Ächzen. Er grinste boshaft.

»Du weißt, daß ich dir dieses Geheimnis entreißen kann, wenn ich es will. Und du selbst hast mir die Instrumente dazu bereitgestellt, erinnerst du dich?«

»Mag sein«, gab Moraynir zurück. »Vorher aber gibt es ein anderes Problem zu lösen. Shahan wird gerade angeflogen.«

Yobilyn kniff mißtrauisch die Augen zusammen. »Von wem?«

Moraynir zeigte ein überlegenes Lächeln.

»Von deinem erhabenen Neffen«, antwortete er. »Adhemar kommt mit bewaffneter Macht, wahrscheinlich, um endlich selbst die Macht ergreifen zu können.«

Yobilyn zog sofort die richtigen Schlußfolgerungen. Selbst ein Schurke ohne Hemmungen, verstand es mühelos, sich in die Gedankengänge anderer Halunken zu versetzen.

Er blickte Moraynir an. »Und du willst ihm dabei helfen?«

»Pah«, machte Moraynir, darauf spekulierend, daß in dieser Situation nichts so wirkungsvoll sein konnte wie die Wahrheit; jede Lüge hätte der Imperator schnell durchschaut. »Was habe ich davon, einen erbarmungslosen Imperator durch einen anderen zu ersetzen? Einen, der noch bluthungriger ist als der alte Herrscher.«

Yobilyn schwieg einige Sekunden lang.

»Du weißt, daß ich ihm diesen Anschlag nicht werde durchgehen lassen«, sagte er nachdenklich. »Damit entstünde das Problem der Nachfolge, nicht wahr? Wer soll nach Adhemar meine Macht in Anspruch nehmen?«

»Niemand«, antwortete Moraynir.

Yobilyn kniff abermals die Augen zusammen. »Was soll das bedeuten?« fragte er lauernd.

»Ich tausche Leben gegen Leben.«

»Eines dieser Leben ist vermutlich deines«, kalkulierte der Imperator. »Und das andere? Meine Tage sind gezählt, das weißt du so gut wie ich. Oh, nicht daß ich innerhalb der nächsten Tage und Wochen abtreten werde, aber für ein Jahrzehnt wird es nicht mehr reichen, dessen bin ich sicher. Was also hast du mir in diesem Augenblick zu bieten?«

Moraynir deutete auf die riesige Orgel.

»Betätige die beiden äußersten Schalter gleichzeitig«, schlug er vor.

Yobilyn zögerte, griff dann aber zu. Grausam wie er war, ein Bündel von Tücke und Niedertracht, bereit jede Schändlichkeit zu begehen, die ihm in den Sinn kam, ausgestattet mit einem vor nichts zurückschreckenden Machtinstinkt, war er dennoch kein Feigling. Er konnte seine Chancen eiskalt kalkulieren und wußte, daß Moraynir es nicht wagen würde, ihn zu attackieren.

Vor der Orgel entfaltete sich der Boden, eine Vertiefung wurde sichtbar. Das Licht ging an und beschien eine technische Anlage, deren Sinn und Zweck Yobilyn auf den ersten Blick ersichtlich wurde.

»Eine Tiefschlafanlage«, stieß er hervor.

»Eine modifizierte Anlage« verbesserte Moraynir.

»In welcher Weise modifiziert?« wollte der Imperator wissen; sein Mißtrauen war deutlich zu spüren.

»Dein Körper wird darin ruhen«, erläuterte Moraynir. »Vielleicht wird er sich darin sogar erholen von Strapazen und Krankheit. Aber dein Geist wird wach bleiben und diese Anlage beherrschen, bis in die letzte Kleinigkeit. Dieser Planet, mit allem, was darauf lebt, wird für immer dir allein gehören. Niemand wird imstande sein, dir diese Macht streitig zu machen.«

Yobilyn spitzte die Lippen.

»Es klingt sehr nach einer niederträchtigen Falle für mich«, stellte er lakonisch fest.

»So dumm bin ich nicht«, widersprach Moraynir, und das entsprach der Wahrheit. »Von Adhemar habe ich nichts Besseres zu erhoffen als von dir. Wenn er versucht, dich auszuschalten, muß er jeden Zeugen dieses Attentats beseitigen, selbst den besten und treuesten Helfer.«

Yobilyn nickte bedächtig. »Was versprichst du dir davon?« fragte er lauernd.

»Laß mich ziehen«, sagte Moraynir. »Gleichgültig wohin. Ich bin es satt, in den Diensten der Mächtigen zu stehen. Eure Intrigen und Ranküne widern mich an. Ich will nichts als meine Ruhe, meinen Frieden. Wenn es dir gefällt, dann laß mich auf diesem Planeten siedeln und den Rest meiner Tage hier verbringen – gewissermaßen unter deiner Aufsicht. Aber laß mich ansonsten ungeschoren. Ich tauge nicht mehr zu deinen Diensten, meine Kraft ist erschöpft, mein Willen gebrochen.« Er lächelte dünn. »In gewisser Weise bin ich dem Tode näher als du ...«

Yobilyn bewegte sich schwach und seufzte leise dabei. Was die Machenschaften der galaktischen Politik, was Intrigen und Konspirationen und die Bürde seines Amtes nicht vermocht hatten, das schaffte die Krankheit. Sie hatte ihn seelisch zermürbt.

»Du hast alle Pläne dieser Anlage gesehen und von deinen Spezialisten kontrollieren lassen«, fuhr Moraynir fort. »Jede noch so kleine Positronik, jeder Schalter, jedes Aggregat ist in diesen Plänen und Abrechnungen aufgeführt worden. Ich hatte niemals eine Möglichkeit, in dieses System etwas zu integrieren, das dir hätte schaden können. Und du weißt, daß ich es auch niemals versucht habe.«

Yobilyn lachte verhalten.

»Es wäre dein sicherer Tod gewesen«, sagte er und gab damit zu erkennen, daß er den Fortgang der Arbeiten in der Tat hatte überwachen lassen. »Nur diese Tiefschlafanlage habe ich nicht überprüft …«

»Dazu ist jetzt Gelegenheit«, unterbrach ihn Moraynir ruhig.

Minutenlang herrschte Schweigen in der großen Halle, dem Kernstück der gewaltigen, planetenumspannenden Anlage. Alle Einrichtungen waren von Moraynir tief im Erdboden versenkt und mit größter Sorgfalt getarnt worden. Niemand, der jemals Shahan besuchte, sollte etwas anderes sehen können als einen Planeten von einzigartigem Reiz und Zauber.

Dabei hatte Moraynir eine völlig neue Technologie entwickelt. Die Naturphänomene zu erfassen und in Klangwelten umzusetzen, war nur der eine Teil des Projektes gewesen, der bei weitem leichtere. Umgekehrt auf den Planeten einzuwirken, hatte sich als viel schwieriger herausgestellt. Es war Moraynir schließlich klargeworden, daß sein Ziel sich mit brachialen Methoden nicht erreichen ließ – wohl aber mit einem auf den ersten Blick abseitigen Verfahren.

Der Planet war ein außerordentlich komplexes System von Kräften und Wirkverhältnissen. Winzige Ursachen, kaum wahrnehmbar in ihrer Unerheblichkeit, waren dabei in der Lage, dem Geschehen völlig neue Impulse zu geben. In einem System des vermeintlichen Chaos konnte der Flügelschlag eines Schmetterlings in letzter Konsequenz zu verheerenden Stürmen führen – auf eben dieser Ebene hatte die Arbeit von Moraynir angesetzt. Mit auf den ersten Blick unscheinbaren Eingriffen in die Abläufe konnte er Wirkungen erzielen, deren Gewalt kaum zu überbieten war.

Es war wie bei einem körperlichen Zweikampf: Man

konnte dem Gegner mit brachialer Gewalt entgegentreten, seine Kraft brechen, ihn hemmen und mit Energie niederzwingen. Aber es war auch möglich, und kundige Kämpfer machten von solchen Verfahren Gebrauch, die Kraft des Gegners selbst aufzunehmen, umzulenken und gegen ihn selbst zu richten. Einen Fausthieb zu kontern oder abzublocken, kostete viel Kraft; den Arm zu packen und den Fauststoß zu verstärken, ihn dann geringfügig abzuwandeln in eine kreisförmige Bewegung, darin bestand die Kunst, den Gegner ins Leere laufen zu lassen und aus dem Gleichgewicht zu bringen, ohne die eigenen Kräfte zu verausgaben.

Nach diesem Verfahren hatte Moraynir die Natur des Planeten Shahan organisiert und seinen Zwecken untergeordnet.

»Was muß ich tun?«

»Streck dich in der Grube aus«, schlug Moraynir vor. »Eine Kontakthaube wird deinen Schädel bedecken und die Impulse unmittelbar in dein Gehirn übertragen. Als Träger der ARK SUMMIA bist du in der Lage, gegen diese Impulse jederzeit einen psychischen Abwehrblock zu bilden und unbehindert selbst agieren zu können.«

»Du scheinst an alles gedacht zu haben«, murmelte Yobilyn.

»Es war meine einzige Chance, deine Zufriedenheit in einem solchen Maß zu bekommen, daß sich dein Mißtrauen und dein Zorn in Wohlwollen und Billigung verwandeln können. Würde ich nur tun, was du mir aufgetragen hast, könnte ich dieses Ziel nicht erreichen. Nur wenn ich imstande bin, selbst deine kühnsten Wünsche und Träume noch zu übertreffen, kann ich hoffen, von dir mit Gnade behandelt zu werden.«

Yobilyn stieß ein Schnauben aus.

»Ich mag es nicht, wenn man Mutmaßungen über

meinen Charakter anstellt. Und wenn man versucht, meinen Willen zu beeinflussen.«

»Hatte ich eine andere Wahl … Erhabener?«

Der Imperator zögerte und lächelte dann mühsam.

»Ich werde es überprüfen«, sagte er dann. »Hilf mir, diesen Sessel zu verlassen!«

Moraynir trat zu ihm, um ihm aufzuhelfen. Daß Yobilyn ihm trotz dieses Angebots keine Chance lassen würde, ihm zu schaden, war selbstverständlich. Selbst wenn Yobilyn splitternackt und gänzlich ohne technische Ausrüstung gewesen wäre und noch kranker und hinfälliger als er es jetzt war, hätte Moraynir keine Chance gehabt. In seinem Körper implantiert trug Yobilyn eine ganze Serie von mikromechanisierten Abwehr- und Verteidigungswaffen. Ein paar winzige Bewegungen würden ausreichen, diese Waffen zu aktivieren und Moraynir bei der ersten falschen Bewegung zu töten.

Es war ein eigentümliches Gefühl für Moraynir, den Imperator direkt anzufassen. Dieser Mann gebot über riesige Flotten kampfstarker Raumschiffe, seine Macht über Leben und Tod war nahezu unbegrenzt; je nach Laune setzte er sich sogar über die alten Gesetze des Imperiums hinweg – seine Macht reichte auch aus, im Nachhinein jede von ihm getroffene Entscheidung gerechtfertigt erscheinen zu lassen.

Moraynir stammte aus einer alten, ehrwürdigen Familie, zu deren Privilegien es gehörte, sich für Übeltaten vor dem Großen Rat allein verantworten zu müssen. Nur dort konnte ein Urteil gesprochen und vollstreckt werden – und doch war Yobilyn mit einem Fingerschnippen imstande, Moraynir das Leben zu nehmen und unbeschadet damit durchzukommen.

»Behutsam …«, sagte Moraynir leise und half dem Imperator, sich auf dem Lager auszustrecken. »Es ist keine Kraftanstrengung nötig!«

...n dehnte die morschen Knochen und seufzte ... als der Schmerz in seinen Gelenken brannte. ...iff er nach der Haube und zog sie sich über den

... schalte ich das Gerät ein?«

...braucht nur daran zu denken, Erhabenheit«, sag- ...aynir leise. Er kehrte zur respektvollen Anrede ... »Von einem Augenblick auf den anderen wer- ...hr mit dem Planeten verschmelzen. Ihr werdet alles sehen, spüren und hören, was sich auf und in Shahan zuträgt.«

»Oh, dann werde ich wirklich allessehend und alleshörend werden ...«, bemerkte Yobilyn mit mildem Spott, der an seine zahlreichen Titel erinnerte.

»Nichts, Erhabener«, sagte Moraynir leise, »wird Euch künftig entgehen oder verborgen bleiben ...«

9.

»Eine reichlich kühne Hypothese, das gebe ich zu«, ich die Ergebnisse meiner Recherche zusammen. »B Opfer haben sich für eine gewisse Zeit auf Ferrol u anderen Planeten im Wegasystem aufgehalten, abe nicht gleichzeitig. Außerdem hat sich unser Verdächtiger ebenfalls dort aufgehalten. Er kann also jedes der beiden Opfer dort getroffen haben. Mehr wissen wir nicht.«

»Immerhin eine Übereinstimmung«, gab Geo Sheremdoc zu bedenken.

»Aber was besagt das schon?« hielt ich ihm entgegen und kratzte mir den drei Tage alten Bart. »Wichtig ist, daß Dyamhehn Mavvion sich nicht nur auf Ferrol aufgehalten hat, sondern auf sehr vielen Welten der bekannten Galaxis zu Besuch gewesen ist.«

»Der Mann ist von Beruf Schriftsteller«, fügte Geo Sheremdoc hinzu. »Er kann seinen Beruf überall ausüben, und das hat er auch getan. Von ihm sind eine ganze Reihe von Romanen, Novellen und Kurzgeschichten erschienen, einige sogar für das Trivideo bearbeitet worden. Er hat gut verdient und konnte sich das Reisen durchaus leisten. Warum also sollte er es nicht tun?«

Ich grinste breit.

»Mag sein«, gab ich zu. »Das allein sagt noch nichts aus. Merkwürdig, aber zu diesem Bild passend ist die Tatsache, daß Mavvion sich vorwiegend auf solchen Welten aufgehalten hat, die für Touristen interessant sind. Er ist beispielsweise nie auf Terra gewesen, auch nicht auf Lepso – und es gibt kaum einen Autor von Rang, der nicht wenigstens einmal einen Blick auf diese spannendste aller Welten geworfen hätte. Mavvion hat sich nie auf Olymp gezeigt, auch nicht auf anderen Zentralwelten der Humanoiden.«

»Ich verstehe nicht ganz, was du daraus folgern willst?« Geo Sheremdocs Euphorie war inzwischen verflogen.

Die weiteren Nachforschungen hatten wenig oder nichts ergeben, was meinen Verdacht hätte untermauern können. Vor allem war ich nicht imstande, Geo Sheremdocs Skeptizismus zu überwinden. Und gänzlich sicher war ich mir meiner Sache auch nicht. Nur mein Instinkt sagte mir, daß ich auf der richtigen Fährte war.

»Ich bin mißtrauisch, das ist alles«, antwortete ich. »Und jetzt vergleiche bitte einmal die Buchungsunterlagen seiner Hotels und Unterkünfte. Ich habe mir von der Syntronik alle Gäste heraussuchen lassen, die zur selben Zeit wie Mavvion in dem fraglichen Hotel untergebracht waren. Und was zeigt sich – jedesmal war jemand dabei, der in irgendeinem sicherheitsbedürftigen Job gearbeitet hat.«

»Das ist mir durchaus nicht entgangen«, dämpfte Sheremdoc meinen Enthusiasmus. »Wenn du die Syntronik entsprechend befragst, wirst du eine ganze Reihe von Leuten finden, auf die das ebenso zutrifft. Bei Millionen von Mitarbeitern in den unterschiedlichsten Schlüsselpositionen in Politik, Wirtschaft, Wissenschaft und Militär wird es immer wieder solche Übereinstimmungen geben.«

»Auch richtig«, räumte ich ein. »Nur: Mavvion ist erst seit knapp dreißig Jahren aktenkundig. Er stammt nach seinen Geburtsunterlagen von einem abgelegenen Sternenystem, das als ziemlich rückständig gilt. Im Klartext: Mavvion kann weiß der Teufel woher gekommen sein, seine Unterlagen sind niemals genau überprüft worden. Er könnte also durchaus ein Agent für eine fremde Macht sein, beispielsweise für die Springer, für die Blues, für die Akonen.«

Geo Sheremdoc hob abwehrend die Hände. »Nicht schon wieder Akon«, bat er.

»Warum nicht?« gab ich zurück. »Akon ist seit vielen Jahrtausenden immer wieder in Agentengeschichten, in Intrigen und Komplotte verwickelt gewesen. Und die Akonen sind als sehr gerissen und clever bekannt. Aber selbst das beweist noch nichts.«

Während wir redeten, war die Syntronik an der Arbeit. Sie war mit einer ganz bestimmten Auswertung befaßt, die ich ihr aufgetragen hatte. Die Zeitverzögerung ergab sich daraus, daß sie sich ihre Daten aus einer immensen Fülle von Speichern zusammenklauben mußte. Die Rechenoperationen einer modernen Syntronik liefen überlichtschnell ab, aber wenn es um Input und Output ging, waren auch diese Anlagen langsamer: Sie stießen auf technische Hindernisse und wurden vor allem durch das extrem langsame Lese- und Begriffsvermögen der menschlichen Benutzer gehandikapt.

Aber nach einigen Minuten lag die Auswertung vor. Sie hatte das Ergebnis, mit dem ich gerechnet hatte.

Ich stieß ein triumphierendes Grunzen aus.

»Na also«, sagte ich. »Ich habe alles erfassen lassen, was Dyamhehn Mavvion jemals in seinem Leben gesagt oder geschrieben hat. Und da siehst du es: Die Wortanalyse und Stilkritik ergibt, daß Mavvion nicht der Verfasser all jener Texte sein kann, die unter seinem Namen erschienen sind.«

Geo Sheremdoc seufzte.

»Das beweist doch gar nichts«, widersprach er mir. »Zwischen dem Niveau, auf dem ein Autor sich schriftlich ausdrückt und dem, was er ganz normal im Alltagsleben sagt, klaffen bekanntlich Welten. Außerdem arbeiten in allen Verlagen Frauen und Männer, die sich die Freiheit nehmen, die abgelieferten Texte nach der Maßgabe ihres Stilgefühls und ihres Geschmacks zu verändern – und mitunter tun sie das ziemlich großzügig.«

»Manchmal, zugegeben. Aber nicht immer. Und in Mavvions Fall ist der Unterschied sehr beträchtlich. Außerdem ergibt die Analyse – du kannst es selbst ablesen –, daß Mavvion unter gar keinen Umständen der alleinige Autor *all seiner Romane* sein kann. Dafür sind die Stilunterschiede zwischen den Werken einfach zu groß. Ich erlaube mir daher die einfache Schlußfolgerung, daß irgendwer, wahrscheinlich ein ganzes Team von Autoren, im Hintergrund die Romane und Drehbücher produziert, die Mavvion dann als selbstverfaßt vorlegt und veröffentlicht. Daran ist nichts ungesetzlich, wenn die Ghostwriter damit einverstanden sind. Aber es bedeutet ebenso, daß Mavvion gar nicht richtig an seinem Roman arbeitet, sondern eigentlich immerzu Freizeit hat – die er nach Belieben für seine Zwecke benutzen kann. Eine perfekte Tarnexistenz, oder etwa nicht?«

Sheremdoc rieb sich den kahlen Schädel.

»Und jetzt fasse alle diese an sich weniger wichtigen Daten zusammen. Die Übereinstimmungen in der Buchung. Die Tatsache, daß er offenbar nicht selbst schreibt. Der Umstand, daß er zur Zeit ausgerechnet auf Shahan lebt und dort einen Süchtigen mimt, der er gar nicht ist – ein bißchen zuviel an Zufällen, oder irre ich mich?«

Sheremdoc seufzte leise. »Verdächtig, zugegeben«, sagte er zögernd. »Aber das beweist doch gar nichts.«

»Als erstes werden wir seine Unterkunft auf Shahan überwachen lassen«, schlug ich vor. »Auch, wohin er geht und mit wem er Kontakt aufnimmt. Er bekommt als Süchtiger ja Medikamente. Würde er die nehmen, müßte er sich völlig anders verhalten und auch anders aussehen als früher. Also nimmt er die Drogen nicht, folglich läßt er sie irgendwo verschwinden. Wenn wir Spuren davon finden, von sehr komplexen und wirkungsvollen medizinischen Drogen, dann haben wir einen ersten konkreten Hinweis darauf, daß er hier auf Shahan irgendwelche unsauberen Geschäfte betreibt.«

»Einverstanden«, gab Sheremdoc zu. »Ist das alles, was du zu bieten hast? Nur diese vagen Vermutungen?«

»Verlasse dich auf meinen Instinkt«, sagte ich. »Das ist es, was den wahren Kriminalisten ausmacht.«

Geo Sheremdoc nickte seufzend. Wahrscheinlich tat es ihm jetzt schon leid, mich gelobt zu haben.

»Dazu hätte ich gern einmal Sinclair Marout Kennon gehört«, murmelte er. Ich grinste nur. Dieser legendäre Kosmo-Kriminalist, Spezialist der ebenfalls längst vergangenen United Stars Organisation USO, war schon seit etlichen Jahrhunderten tot. Nur sein damaliger Partner, der ebenfalls sehr berühmte Ronald Tekener lebte noch – vielleicht. Er war an Bord der BASIS mit Perry Rhodan zur Großen Leere geflogen – eine Reise, bei der eine Strecke schon mehr als drei Jahre dauerte. Wann die BASIS in unsere Milchstraße zurückkehren würde, stand in den Sternen.

»Einstweilen wirst du mit mir vorlieb nehmen müssen«, sagte ich amüsiert. »Mal sehen, ob ich mit ihm nicht gleichziehen kann.«

Sheremdoc zog schnuppernd die Luft ein.

»Seine Leiche würde wahrscheinlich besser riechen als du in diesem Augenblick«, kommentierte er giftig. »Vielleicht solltest du einmal die hiesigen Hygieneeinrichtungen benutzen. Du weißt doch, wie man ein Bad nimmt?«

»Wenn ich meine Aufgabe gelöst habe«, versprach ich zuversichtlich. »In ein paar Tagen, mit etwas Glück.«

»Es ist im Interesse der Allgemeinheit zu hoffen«,

murmelte er und verabschiedete sich. Ich zog eine Schnute.

Eine Theorie hatte ich mir schon gebildet. In meinen Augen war Dyamhehn Mavvion ein akonischer Agent, der wahrscheinlich die genau umrissene Aufgabe hatte, sich an die schwer angeschlagenen Würdenträger und VIPs auf Shahan heranzumachen. Vielleicht fand man bald ein Medikament oder Mittel gegen die Sucht, dann konnten die Shahan-Besucher in ihre alten Dienststellungen zurückkehren. Und dann waren sie als subversive Agenten im Auftrag Akons sicherlich von Interesse. Ein raffinierter Plan mit einer extrem langen Laufzeit – also genau das, was man den ausgekochten Akonen zutrauen konnte.

Es gab leider ein paar Fragen, auf die ich bisher keine Antworten wußte. Hatte Mavvion die beiden Opfer getötet? Wenn ja, wie hatte er das fertiggebracht? Und warum hatte er das getan?

Die Syntronauswertung hatte ergeben, daß er sich zur Tatzeit beider Tötungsfälle nicht in der Nähe aufgehalten hatte – ein Argument, das ganz und gar nicht in mein Konzept paßte. Aber ich war zuversichtlich, auch damit fertig zu werden. Einem Mann meines Kalibers und Selbstvertrauens war letztlich alles möglich, das hatten schon viele Zeitgenossen zu mir gesagt: »Dir ist alles zuzutrauen!« Na also.

Ich machte der Whiskyflasche den Garaus und legte mich dann für einige Stunden aufs Ohr, um den Rausch auszuschlafen. Am nächsten Morgen duschte ich – heimlich –, unterließ es aber, mir den Bart mit einer Enthaarungscreme zu entfernen. Ich wechselte auch meine Kleidung; dieses Mal entschied ich mich für meinen Einsatzanzug, der mit allerlei technischen Finessen gespickt war, vor allem mit sehr leistungsfähigen Speichermodulen für Sprache und Geräusche. Was ich optisch wahrnahm, wurde gleichzeitig auf einem Chip in meinem Schädel registriert, der zu meinen neuen Augen gehörte.

So ausgerüstet begab ich mich mit Valerie in die Halle und frühstückte erst einmal ordentlich – allerdings nicht in unseren Gebäuden, sondern in jenem Klinikbereich, in dem unter anderem Mavvion untergebracht worden war. Ich brauchte nicht lange zu warten – er war ein Spätaufsteher wie ich. Die Syntronik hatte mir verraten, an welchem Tisch er sich morgens üblicherweise niederließ, und so kostete es mich kaum Aufwand, dafür zu sorgen, daß er sich zu uns setzte.

Valerie spielte ihre unfreiwillige Rolle mit gewohnter Präzision. Still und in sich gekehrt löffelte sie irgendeine Pampe, die ekelerregend gesund aussah und vermutlich ebenso schmeckte. Auch Mavvion gehörte zu den gemäßigten Gesundheitsaposteln und warf einen leicht mißbilligenden Blick auf meinen überladenen Teller.

»Nicht gerade förderlich für die Gesundheit«, erlaubte er sich zu bemerken, ohne mich offen anzusehen.

»Aber sehr zuträglich für das Gemüt«, konterte ich.

Mavvion runzelte kurz die Stirn. »Du scheinst mir nicht zu den Patienten dieses Hauses zu gehören«, bemerkte er anzüglich.

Ich zuckte mit den Achseln.

»Ich passe nur auf die Kleine hier auf«, antwortete ich und lächelte Valerie zu. »Iß, Mädchen, damit du zu Kräften kommst.«

»Sie sieht eigentlich ziemlich gesund aus«, schwatzte Mavvion weiter. Ich hatte bereits einen Köder für ihn parat.

»Ist sie leider nicht«, sagte ich im leisen Verschwörerton. »Und ihre Eltern sind irgendwo in den Fernen der Galaxis verschwunden.«

Mavvion warf einen mitfühlenden Blick auf Valerie. Nicht nur mitfühlend, fiel mir auf. Sie schien ihm zudem zu gefallen, was meine Laune nicht eben steigerte. Nach üblichen Maßstäben war Valerie beinahe erwachsen, aber unter diesem Gesichtspunkt hatte ich sie noch nie betrachtet.

Das tat ausgerechnet dieser Dyamhehn Mavvion. Nach üblichen Schönheitsmaßstäben war er ein verdammt gut aussehender Mann. So einer mußte einfach ein Schurke sein.

»Eine Art Waisenkind also«, vermutete Mavvion und strich sich das sorgsam frisierte Haar aus der Stirn. Er hatte einen angenehm bronzefarbenen Teint und dunkle Augen. Plophosischen Ursprungs. Oder akonischen, das konnte man so genau nicht sagen. Die Zeiten, in denen man andere Menschen anhand von Augen- oder Hautfarbe bequem in Vorurteilsschubladen stecken konnte, waren lange vorbei.

»Ich wünschte, ich wäre so eine Waise«, murmelte ich mit vollem Mund. Valerie beteiligte sich gar nicht an dem Gespräch, sie mümmelte still an ihrem Gesundheitsbrei. »Erbe eines riesigen Raumschiffkonzerns ...«

Ich mußte zusehen, daß ich schneller als Mavvion Zugang zu einer Syntronik bekam, um diese dreiste Lüge durch entsprechend gefälschte Daten untermauern zu können.

»Ein bekannter Name?« erkundige sich Mavvion. Zum ersten Mal blickte er erst Valerie und dann mich mit sichtlicher Konzentration an. Den Köder hatte er geschluckt. Garantiert war dieser Bursche nicht sauber, ich spürte das.

Ich schüttelte den Kopf. »Der Öffentlichkeit kaum bekannt«, grummelte ich. »Geheimaufträge und so. Spezialschiffe ...«

Damit war der Köder ausgelegt. Die künftige Erbin eines großen Wirtschaftsunternehmens, das spezielle Raumschiffe herstellte, mußte für einen Agenten ein verlockendes Ziel darstellen. Vielleicht fiel er darauf herein – und spätestens dann hatte ich ihn.

Allerdings wurde mir in diesem Augenblick bewußt, daß ich damit Valerie in einen Köder verwandelte und in Gefahr brachte. Und wie gefährlich ein Kontakt mit Mavvion sein konnte, davon redeten die beiden Leichen eine stille, aber um so deutlichere Sprache.

Dyamhehn Mavvion beendete sein Frühstück eher als wir, stand auf und verabschiedete sich. Sobald er den Raum verlassen hatte, stürzte ich zum nächsten Interkomanschluß und informierte Sheremdoc. Der wiederum hatte nichts Eiligeres zu tun, als eine Syntronik damit zu beauftragen, meine falsche Geschichte mit entsprechenden Daten abzusichern.

Nachdem dies erledigt war, kehrte ich zu Valerie zurück, die geduldig auf mich gewartet hatte.

»Und was unternehmen wir jetzt?« fragte ich sie. Ihre Schultern hoben und senkten sich wieder.

»Ich weiß nicht …« Langsam begann mir diese Aussage auf die Nerven zu gehen. Hatte das Mädchen denn keinen anderen Satz in ihrem Repertoire?

»Gut, dann machen wir einen kleinen Ausflug. Ist dir das recht?«

Abermals Achselzucken. »Ich weiß nicht.« Nun, immerhin war es kein Widerspruch.

Ich besorgte einen Gleiter – und besorgte mir die Daten jener Orte und Plätze, an denen sich Dyamhehn Mavvion zuletzt herumgetrieben hatte. Offenbar hatte er eine kleine Schwäche für Vulkane. Hatte das einen besonderen Grund?

Mit dem Gleiter brauchten wir eine knappe Stunde, bis wir das Ziel erreicht hatten.

Der Vulkan war auf erfreuliche, aber nicht gefährliche Art und Weise aktiv. Er spie Rauch, ließ Lava über seine Abhänge fließen und machte ein gehöriges Getöse dazu, aber wir hielten uns in ausreichender Entfernung dazu auf.

Es war – ich wunderte mich selbst darüber – aufregend, spannend und angenehm, dieses Naturschauspiel zu verfolgen. Erst als Valerie die Augen schloß, wurde mir wieder bewußt, daß auch an dieser Stelle Musik zu hören war.

Nun, inzwischen kannte ich den Grund für diese Klänge. Jener alte Arkon-Imperator, der diese Welt zu seinem bevorzugten Urlaubsziel gemacht hatte, hatte diese Anlage einbauen lassen, die alles und jedes, was es auf dem Planeten gab, in passende Klänge umsetzte – Meeresrauschen, Sonnenuntergänge, Sandstürme und Vulkanausbrüche. Wie man das technisch exakt gemacht hatte, war nie erforscht worden. Man hatte sich damit begnügt, daß es ein solches Phänomen gab, das sich seit etlichen Jahrtausenden als harmlos und angenehm erwiesen hatte, und damit hatten sich Nachfragen erübrigt.

Die Musik war ganz nett – auf mich wirkte sie ein wenig kitschig, sehr gefühlstriefend und naturromantisch, aber es gab genügend Zeitgenossen, die auf diese Klänge ansprachen. Ich gehörte nicht dazu. Die Musik war nicht übel, aber ich war anderes gewohnt.

Valerie wirkte wie verzaubert, sogar ein Lächeln stahl sich auf ihre Züge, und ich gönnte ihr den Genuß. Ein paar Dutzend anderer Klinikinsassen hatten sich ebenfalls dort eingefunden und studierten die Wirkung dieser Klänge. In der Tat entdeckte ich das Phänomen, daß sich die Musik änderte, je nachdem, aus welchem Blickwinkel man das Geschehen betrachtete. Zum Beispiel reagierte die Musik darauf, wenn sich Wolken bildeten, die über den Vulkan drifteten. Und sie änderte Melos und Rhythmus, wenn der Vulkan eine kleine Pause einlegte oder eine kraftvolle Sondervorstellung ab.

Dahinter mußte ein enormer technischer Aufwand stecken. Woher nahm die Anlage die Energie dazu? Und wie wurden die Klänge überhaupt erzeugt? Ich konnte nirgendwo so etwas wie Lautsprecher oder Verstärker sehen.

Ich grinste still in mich hinein.

Alles nur eine Frage der Beobachtung. Ich brauchte nur ein wenig mit meinen ganz besonderen Augen zu experimentieren, um die Luftschwingungen schließlich sehen zu können. Der Schall pflanzte sich in der Luft fort, das konnte ich erkennen, aber die Quelle der Klänge blieb nach wie vor unsichtbar.

Valerie stand auf einem Hügel, knapp einen Kilometer von dem blubbernden Vulkan entfernt, und wiegte sich sanft hin und her. Sie lächelte sogar, und daher brachte ich es nicht über mich, den Ausflug abzubrechen.

Statt dessen überließ ich sie ihrem Vergnügen und wanderte ein wenig umher.

Überall stieß ich auf die geheimnisvollen Klänge. Sie schienen einfach in der Luft zu entstehen, ohne jede technische Apparatur. Sehr eigentümlich.

Wenn ich eine Schwäche habe – neben vielen offenkundigen Charakterfehlern – dann ist es dies: Ich weiß einfach gern, was um mich herum passiert. Ich will kapieren, wie die Welt funktioniert, und wenn darin etwas Geheimnisvolles auftaucht, dann will ich diesem Geheimnis auf den Grund gehen.

Schallwellen sind eine Form von Energie, also mußte diese Energie irgendwo herkommen. Nach einer Stunde der Beobachtung war ich einen Schritt weiter und kannte den Grund.

Irgendwo waren Energieprojektoren versteckt, die in der Lage waren, schwache Energiefelder durch feste Materie abzustrahlen. Diese pulsierenden Energiefelder setzten dann die Luft in Schwingungen, und so entstand der Schall. Eigentlich ganz einfach.

Aber wo waren die Projektoren?

Ich merkte mir präzise die Stellen, an denen ich die Energiefelder hatte orten können. Nicht die eigentlichen Felder, aber die Stellen, an denen sie in Luftschwingungen transformiert wurden. Diese Punkte in der Luft konnte ich mir einprägen.

Ich kehrte zum Gleiter zurück und schaltete eine Verbindung zur Hauptsyntronik von Shahan. Eigentlich hätte ich mich mehr um Dyamhehn Mavvion kümmern sollen, aber dieses Phänomen interessierte mich nun einmal. Ganz abgesehen davon hatte sich hier auch Mavvion herumgetrieben ...

Die Rechenarbeit nahm die Syntronik nur ein paar Sekunden in Anspruch. Sie ermittelte Ort und Richtung der Energiefelder, folgerte auf deren geheime Quelle und berechnete einen Ort, von dem aus die ganze Anlage betrieben wurde.

Der Ort lag tief unter der Oberfläche, vorausgesetzt, die Kalkulationen waren richtig gewesen.

Ich blickte hinüber zu Valerie. Sie hatte sich gesetzt, den Rücken gegen einen bemoosten Felsen gelehnt. Ihre Augen waren geschlossen, und sie wiegte sich sachte im Takt der Musik.

Ich blieb einen Augenblick lang stehen.

Irgend etwas an diesem Anblick irritierte mich, aber ich wußte nicht zu sagen, was genau. Ein paar Minuten dachte ich angestrengt nach, kam aber zu keinem Ergebnis.

Ich suchte nach jenem Punkt auf der Oberfläche, unter dem tief im Erdreich die technische Anlage dieses musikalischen Wunderwerkes verborgen war.

Nach einer halben Stunde hatte ich den Platz gefunden – eine lausige Geröllhalde, in der nichts zu erkennen war. Und ich hatte keine Lust, mir die Hände dreckig zu machen.

Ich wollte mich gerade zum Gehen wenden, als ich eine Idee hatte. Ich stellte meine Augen auf Infrarotoptik um.

Danach brauchte ich nur noch einen halblauten Pfiff auszustoßen.

Endlich hatte ich die richtige Spur gefunden – und einen konkreten Anhaltspunkt. Mein Schnüfflerinstinkt hatte mich einmal mehr richtig beraten.

10.

»Landeanflug«, sagte Yobilyn. »Er wagt es tatsächlich, mich hier zu stören.«

»Bei der Störung wird es nicht bleiben«, versicherte Moraynir. »Er hat andere Pläne ...«

»Er will mich umbringen«, vermutete Yobilyn und grinste dazu. Sein Gesicht unter der metallenen Haube war kaum zu erkennen.

Moraynir stand in der Halle. Dorthin wurde übertragen, was der Imperator an Wahrnehmung empfing: Optisches, Akustisches, Bewegungen. Zu hören waren auch die Klänge, die von diesen Vorgängen verursacht wurden.

Das Herannahen des Raumschiffes klang bedrohlich, wühlte in tiefen Bässen und schlug auf die Eingeweide, die sich zu verkrampfen schienen. Gleichzeitig fegten die Vorboten eines Sturmes über die Szenerie, Vorboten der Gefühlsausbrüche, die Yobilyn empfand und in Naturkräfte ebenso umsetzte wie in Klänge. Die Synthese war vollkommen.

Moraynir wußte, daß dies nun die Augenblicke waren, auf die es ankam.

Jetzt entschied sich das Schicksal Arkons, das des herrschenden Imperators und dasjenige des Usurpators, der ihm nach dem Leben trachtete.

Adhemars schwerbewaffneter Raumer setzte gerade auf Shahan auf; sein Landeplatz war der einzige Raumhafen, der eingerichtet worden war, in einer idyllischen Landschaft gelegen. Ausgedehnte Flächen, mit Blumen und Sträuchern bepflanzt, durchzogen von anmutigen Flüssen, Bächen und Seen. Es gab kleine Wasserfälle, deren Plätschern angenehm in den Ohren klang. Es gab Bäume, die sich unter den Druckwellen bäumten und eigentümliche Laute auszustoßen schienen.

Zum ersten Mal war Yobilyn imstande, auch dies zu hören. Die Anspannungen der hölzernen Fasern, das leise Ächzen der unter Druck gesetzten Äste. Er spürte die Verbrennungen, welche die Impulstriebwerke des Raumers auf dem Boden hervorriefen, er hörte das Todesgeschrei der Pflanzen, schmeckte, roch und hörte das Verdampfen eines kleinen Sees, der bei der Landung zerstört wurde.

Es war Yobilyns Welt, die diesen Schaden erlitt, sein Werk, seine Schöpfung, und Moraynir hatte sich ausgerechnet, daß der Imperator diese Verstümmelungen der selbstgezüchteten Natur nicht hinnehmen würde – nicht ohne Empfindungen, nicht ohne Reaktion.

Das war es, worauf Moraynir gesetzt hatte.

Er hatte auch Adhemar richtig eingeschätzt. Der Komponist konnte sehen, wie die Geschütze des Schiffes in Stellung gebracht wurden. Sie wurden auf die Jacht von Yobilyn gerichtet – und dann betätigt.

Die Jacht verging in einem Feuerschlag, der Orkanwellen aus Klängen über das Land und in Yobilyns Gemüt wandern ließ. Moraynir hörte, wie Yobilyn zischend den Atem zwischen den Zähnen einzog. Er sah, wie die restlichen Flüsse und Seen zu schäumen begannen, sich aufbäumten und gegen die Landestützen von Adhemars Schiff brandeten.

»Laßt ihn aussteigen«, schlug Moraynir vor. »Er glaubt, daß er Eure Erhabenheit jetzt in seiner Gewalt hat.«

»Er wird sich täuschen«, knirschte Yobilyn wütend.

Minuten vergingen, dann wurden die Schirmfelder von Adhemars Schiff abgeschaltet. Ein Schott öffnete sich, eine Rampe führte schräg hinunter auf den Boden, und wenig später stapfte eine Kolonne waffenstarrender Roboter herab und schwärmte aus.

Yobilyn reagierte nicht darauf. Er ließ diesen Ausbruch unverhüllter Gewalt erst einmal auf sich wirken, sog Klänge und Geräusche in sich ein, fiebrig vor Erregung, wie es schien.

Dann endlich erschien Adhemar, umgeben von einem weiteren Trupp schwerbewaffneter Roboter. Er trug einen Kampfanzug, auch dessen Energieschirme waren aktiviert. Adhemar ging kein Risiko ein.

Dann klang seine Stimme auf. »Nun, großer Imperator, dein Fluchtweg ist abgeschnitten.«

In der großen Halle wurde seine Häme in Klänge übertragen. Moraynir hatte nicht gelogen und nicht übertrieben. Alles, was es auf dem Planeten an Erscheinungen und Phänomenen gab, wurde von seiner genialen Maschinerie in Klänge übertragen. Aber dieses Mal war es keine angenehme, einschmeichelnde oder aufwühlende Musik. Dieses Mal waren schrille Dissonanzen zu hören, kakophonische Ausbrüche, die unangenehm und erschreckend in den Ohren klangen.

»So also«, murmelte Yobilyn und zögerte einen Augenblick, »klingt unverhüllte Mordgier!«

»So war es von Euch gewünscht, Erhabener!«

Adhemar machte ein weit ausholende Geste.

»Wir wollen miteinander reden, Oheim!« sagte er laut, aber seine Bewegungen straften seine Worte Lügen. Seine Stimme klang wie immer sehr freundlich, aber seine Gestik übertönte sie mit schrillem Mißklang. Die analytische Fähigkeit von Moraynirs Maschine war bestechend, ihr gegenüber war keine Täuschung möglich.

Allerdings wußte Moraynir, daß es nur einer eingehenden, auf die Maschine bezogenen Schulung bedurfte, um auch dieses System zu täuschen. Das hatte er Yobilyn nicht erzählt. Auch nicht, daß er sich diesem Training bereits unterzogen hatte.

»Kann er mich hören?« fragte Yobilyn leise.

»Wie Ihr es wollt, Erhabenheit. Ihr braucht Eure Wünsche nur zu denken, die Maschine wird sie verwirklichen.«

Yobilyn machte ein erstes Experiment.

»Ha, Verruchter!« ließ er seine Stimme über das Land donnern, und Adhemars spontane Reaktion ließ sein schnelles Angstschlottern hörbar werden. Yobilyn lachte halblaut, und auch sein Höhnen wurde akustisch getreu umgesetzt. Moraynir konnte sehen, daß Kristallprinz Adhemar auf diese Konfrontation nicht vorbereitet gewesen war.

»Du wagst es …«, tobte Yobilyn weiter. Manchmal neigte er zu klischeehaftem Pathos, auch das hatte Moraynir berücksichtigt.

Adhemar reagierte mit einer Verwünschung. In der großen Halle waren Klänge der Wut, der Enttäuschung und der Ratlosigkeit zu hören. Dann aber faßte er sich, seine Intelligenz machte sich bemerkbar. Laute der Zuversicht schallten durch die Halle.

Was Yobilyn nicht sehen konnte, das waren die Hinweise, die Moraynir behutsam in die Landschaft gepflanzt hatte – Pflanzen beispielsweise, deren Konfiguration einen Hinweispfeil ergab. Die Gewässer schienen auf ein ganz bestimmtes Ziel hinzulaufen. Wenn Adhemar diesen Hinweisen folgte, mußte er den Eingang zu Yobilyns Unterwelt leicht finden können. Und wie ein Leuchtfeuer ganz besonderer Art erhob sich in der Nähe dieses Verstecks der glutdurchtoste Kegel eines Vulkans.

Moraynir zog sich leise zurück.

In seiner rechten Hosentasche steckte die Fernbedienung, die er erbaut und programmiert hatte. Jedes einzelne Teil hatte er unter größter Gefahr nach Shahan geschmuggelt, und noch mehr Anstrengung hatte es ihn gekostet, die erforderlichen Programmierungen für die

Positroniken so vorzunehmen, daß sie auch bei genauerem Suchen nicht zu entdecken waren.

Von seinen Robotern umringt, machte sich Adhemar auf den Marsch zu Yobilyns Versteck. Er sah sich immer wieder scheu um – die Klänge dabei amüsierten den Imperator sehr –, aber er ließ sich von seiner Furcht nicht zurückhalten. Er wußte, wie Shahan technisch eingerichtet war. Es gab dort keine waffenstarrenden Forts, keine Roboterarmeen, nichts dergleichen. Mit ernsthaftem Widerstand hatte er nicht zu rechnen.

Allerdings hatte er, wie der Komponist richtig vorausgesehen hatte, als völlig amusischer Mensch die Möglichkeiten unterschätzt, die Moraynirs Maschinerie anzubieten hatte.

Yobilyn ließ einen Gewittersturm losbrechen, der sich tobend und blitzsprühend über Adhemar entlud, ihn aber nicht aufhalten konnte. Unablässig marschierte sein Trupp weiter, eine Senke entlang, auf den Vulkankegel zu.

Moraynir hatte die Station inzwischen verlassen. Er stieg an die Oberfläche und machte die Zündung scharf. Er bewegte sich langsam und ruhig. Noch war sein Spiel nicht gewonnen. Noch konnte ihn sein Plan jederzeit den Kopf kosten. Den Endzweck seines Vorhabens aber würde weder Adhemar noch Yobilyn verhindern können, dafür hatte Moraynir gesorgt.

Er brauchte nur zu warten …

Das Signal, auf das er wartete, würde Yobilyn ihm selbst geben. Der Imperator saß unrettbar gefangen in einer Falle, die auf seinen Wunsch hin ganz speziell für ihn konstruiert worden war und die in letzter Konsequenz das genaue Gegenteil von dem bewirkte, was er geplant hatte.

Moraynirs Maschine funktionierte nicht nur im technischen Sinne. Sie funktionierte auch auf einer anderen Ebene. Die Klänge Shahans sollten nicht nur einfach berauschend, neuartig, spannend und überwältigend in ihrer Fülle aus Ausdruckskraft sein. Sie wirkten, wie jede Musik, unmittelbar auf das Gefühl des Hörers ein.

So intelligent Yobilyn auch war, so scharf sein Mißtrauen in den langen Jahren seiner Schreckensherrschaft auch geworden war – in diesem Augenblick folgte er nicht mehr seiner Intelligenz allein. Er war ebenso seinen Gefühlen ausgeliefert, die, durch die Maschinerie aufgenommen und verstärkt, auf ihn zurückgeworfen wurden.

Die Oberfläche von Shahan war erfüllt von Klängen, die grimmigen Zorn zum Ausdruck brachten, einen unstillbaren Vernichtungswillen über das Land kreischen ließen.

Die Reaktion ließ nicht lange auf sich warten.

Moraynir konnte hören, wie der Boden tief unter ihm zu beben begann. Yobilyn hatte sein Opfer jetzt da, wo er es haben wollte. Adhemar ahnte nicht einmal näherungsweise, wozu Moraynirs Maschinerie fähig war, wenn sie von brodelndem Haß angestachelt wurden.

Der Vulkan explodierte …

Aus sicherer Entfernung sah Moraynir zu, wie Tausende von Tonnen Gestein und Lava in die Höhe geschossen wurden und mit verheerender Wucht auf das Land hinabstürzten.

Noch funktionierte die Maschinerie. Sie nahm Adhemars Reaktionen auf. Sein dumpfes Schaudern, das Nichtbegreifen und dann, von einem auf den anderen Augenblick mit irrwitzigen Kreischen aufflammend, sein Grauen, als er in den Lavaregen hineingeriet, gegen den selbst ein stark gesicherter Raumanzug ihn nicht schützen konnte.

Ein paar Sekunden lang waren die Schirmfelder dieses Anzuges imstande, den tosenden Glutgewalten standzuhalten, und die Klänge, die von Adhemars gräßlichen Ahnungen gespeist wurden, ließen sich mit herkömmlichen Begriffen nicht mehr beschreiben.

Dann verstummten sie – und im gleichen Augenblick betätigte Moraynir seine Fernbedienung.

Es entsprach seinem Charakter, sofort zu handeln, nicht, sich auf lange Diskussionen einzulassen oder sich am Schicksal des überwundenen Gegners zu weiden. Moraynir wußte, was sich jetzt in der Tiefe der Erde abspielte und das genügte ihm vollkommen.

Die Tiefschlafanlage würde Yobilyn einhüllen und für alle Zeiten festhalten. Nichts würde der Imperator tun können, um sich zu befreien. Er würde bei vollem Bewußtsein bleiben, wenn auch ohne die körperlichen Schmerzen, die ihn bisher gepeinigt hatten. Statt dessen würde er feststellen müssen, daß sich seine Rolle in der Inszenierung von Shahan geändert hatte.

Nicht länger würde er dieser unglücklichen, geschundenen Welt, die dazu präpariert worden war, seinen perversen Gelüsten dienstbar zu sein, seinen Willen aufdrücken können. Diesen Teil der Anlage hatte Moraynir mit seiner Fernsteuerung desaktiviert. Und ein weiterer Funkbefehl zündete die verborgenen Sprengkammern, die den Zugang zu der Anlage zum einen versperren, zum anderen für immer verbergen würde – aber nicht zerstören.

Die Anlage würde arbeiten, aber verborgen. Viele Jahrtausende lang. Wie lange genau, das vermochte Moraynir nicht abzuschätzen; geplant war die Anlage für eine kleine Ewigkeit. Während dieser ganzen Zeit würde Yobilyn leben, irgendwo verschüttet in der Erde, bei wachem Verstand, nur noch in der Lage, jenen Klängen zu lauschen, welche die Natur aus freien Stücken zu liefern imstande war. Sanften, beruhigenden Klängen, die auf sein durch und durch bösartiges Gemüt einwirken konnten.

Wenn sich sein Zorn und seine entfesselte Wut erst einmal gelegt haben würde, vermochten diese Klänge vielleicht den Charakter dieses unbarmherzigen Tyrannen zu ändern. Vielleicht fand er selbst, bevor eines Tages die Anlage sanft versagte und an altersbedingter Schwäche zusammenbrach, bis dahin zu seinem seelischen Frieden.

Diese zweischneidige Chance dazu wollte Moraynir dem mächtigen Imperator jedenfalls lassen …

Unbewacht und ungeschützt stand Adhemars Raumschiff auf der Oberfläche des Planeten. Moraynir wußte, was er damit machen würde. Die Vorbereitungen waren getroffen.

Zurückfliegen nach Arkon und dort nach einiger Zeit die Nachfolge der beiden Tyrannen antreten. Shahan würde im Laufe der nächsten Jahrzehnte in Vergessenheit geraten, ebenso wie Adhemar und Yobilyn.

Eine große Lebensspanne blieb Moraynir von Jehran nicht mehr, aber vielleicht hatte er die Chance, als Jehran I. seinem Volk und den anderen Völkern der bekannten Milchstraße einige Jahrzehnte des Friedens zu bringen.

Wenn ihm das gelang, würde er endlich selbst zufrieden die Augen schließen und sterben können …

11.

»Er wird kommen, garantiert«, versprach ich Geo Sheremdoc. »Inzwischen begreife ich auch, warum er erst jetzt, nach Jahren und Monaten, auf Shahan zu arbeiten angefangen hat. Er hat soviel Zeit gebraucht, sich zu der Anlage durchzuarbeiten.«

Ich deutete auf die Geröllhalde, die ich mit meinen Infrarotaugen sorgfältig untersucht hatte. Es war nur bei sehr genauem Hinsehen zu erkennen gewesen: Unterhalb des Gerölls gab es eine Zone mit erhöhter Temperatur. Und auf einer gewissen Fläche hatte auch das Geröll selbst eine andere Temperatur als der Steinhaufen in der Umgebung. Inzwischen hatte ich dafür eine Erklärung gefunden. Jemand – nach meiner Vermutung niemand anderer als Dyamhehn Mavvion – hatte diese Ansammlung von kleinen und mittelgroßen Gesteinsbrocken mit einem normaloptisch nicht erkennbaren Kleber miteinander verbunden.

»Und was für eine Anlage soll das sein?« fragte Sheremdoc zurück. Seine logische Sachlichkeit konnte einem mitunter ziemlich auf die Nerven gehen; von Intuition und Spürsinn schien er nicht viel zu halten.

»Ich weiß nicht«, zitierte ich Valerie, die friedlich schlafend in ihrem Bett lag. »Jedenfalls etwas sehr altes, vermutlich einen Teil der Maschinerie, die überall auf dem Planeten diese Gesänge aus der Unterwelt erzeugt, die Musik, die man allenorts hören kann.«

Geo Sheremdoc wölbte steil die Brauen. Es war stockdunkel um uns herum, aber ich konnte ihn klar und deutlich sehen; in Augenblicken wie diesen pries ich mich fast schon glücklich, einen beinahe tödlichen Strahlschuß abbekommen zu haben.

»Wie kann diese Musikmaschine für einen Agenten von Interesse sein?« fragte er skeptisch.

»Musik ist rechtshemisphärisch«, klärte ich ihn selbstsicher auf; vor diesem nächtlichen Ausflug hatte ich mich bei einer syntronischen Auskunft schlau gemacht. »Die linke Hirnhälfte eines Menschen ist für Logik, Sprache, Verstand und dergleichen zuständig. Die rechte Hirnhälfte ist mehr für Gefühlseindrücke zu gebrauchen, für Suggestionen also sehr viel zugänglicher als die linke Hälfte. Hypnotiseure benutzten Klänge, Worte und Assoziationen, die vornehmlich auf die rechte Hirnhemisphäre einwirken, daher erklärt sich ihr Erfolg. Und wenn man die Musik richtig auswählt, kann man Menschen und andere Galaktiker in sehr starkem Maße beeinflussen. Fast alle praktizierten Religionen benutzen beispielsweise sorgfältig komponierte Musik, um auf die jeweiligen Gläubigen in ihrem Sinn einzuwirken – weitaus effektiver, als es das gesprochene oder geschriebene Wort allein könnte.«

»Hm«, machte Sheremdoc nachdenklich. »Klingt logisch und ziemlich überzeugend ...«

»Ich habe gestern Valerie beobachtet«, fuhr ich fort. »Sie war wie hypnotisiert von diesen Klängen. Seit sie süchtig geworden ist, habe ich sie nicht mehr so emotional bewegt gesehen. Ich wette, daß diese Shahan-Musik ganz speziell für diesen besonderen Zweck hergestellt worden ist – um auf die menschliche Psyche einzuwirken.«

»Durchaus möglich«, gab Sheremdoc zu.

Nach dieser Einleitung konnte nur noch ein Einwand kommen, und Sheremdoc enttäuschte mich nicht. Er kam auf exakt den Einwand, mit dem ich mich auch schon herumgeschlagen hatte.

»Mag ja sein, daß man mit Klängen und Musik einem Menschen ein Gefühl von Andacht und Ehrfurcht einflößen kann, vielleicht sogar gegen dessen Vernunft und Willen. Aber du willst mir doch nicht erzählen, es wäre möglich, so etwas wie eine Symphonie des Hochverrats zu komponieren oder eine Sonate, die den Hörer zu einem Attentatsversuch gegen eine ganz bestimmte Person anregt? Geschweige denn zwingen kann!«

»Das werden wir herausbekommen, wenn Mavvion diese Anlage aufsucht«, hielt ich dagegen. Es war reine Spekulation, mehr nicht. Insgesamt hatte ich zu diesem Fall erheblich mehr offene Fragen als mögliche Antworten.

»Falls er das tut«, orakelte Sheremdoc leise.

Er sprach gerade laut genug, um die allgegenwärtigen Klangfluten zu übertönen, die wie ein akustischer Teppich über den ganzen Planeten ausgebreitet worden waren. An unserem Standort konnten wir Musik hören, die sich auf den nahen Vulkan bezogen – niederfrequente Klänge, die einen Eindruck von gezügelter Kraft und Energie hervorriefen, durchsetzt von Schwingungen, welche eine sanfte Drohung nach einem Ausbruch enthielten.

Ich hob vorsichtig den Kopf und blickte mich um.

»Kannst du etwas sehen?«

»Er kommt«, murmelte ich. Dank meiner Augen konnte ich nicht nur den Gleiter, sondern auch den Passagier darin erkennen. Es war in der Tat Dyamhehn Mavvion. Also hatte ich richtig getippt, mein Instinkt hatte ich in diesem Fall nicht getrogen.

»Kopf herunter!« zischte ich Sheremdoc ins Ohr. »Kann sein, daß er sehr vorsichtig und mißtrauisch ist.«

In diesem Fall hatte ich mich geirrt. Zu besonderen Sicherheitsvorkehrungen hatte Mavvion nicht gegriffen. Statt dessen hatte er etwas anderes getan. Ich traute meinen Augen nicht, als ich sah, wie er den Gleiter verließ – und einen reglosen Körper auf die Arme nahm. Die lang herunterbaumelnden Zöpfe verrieten mir, um wen es sich handelte.

Ich murmelte eine Verwünschung. »Dieser dreiste Halunke hat Valerie entführt«, stieß ich leise hervor. »Dieser ...«

Ich wagte nicht, laut zu fluchen. Aber ich ärgerte mich maßlos, daß mein kleines Täuschungsmanöver von einem derart durchschlagenden Erfolg gewesen war. Mavvion hatte sofort reagiert.

Aber was hatte er mit Valerie vor? Interessant war sie für ihn, weil er über sie an modernste Raumschifftechnologien herankommen konnte, an Konstruktionsdaten, an Auftragseingänge und ähnliches. Ganz bestimmt war das für Mavvion und seine mutmaßlichen Hintermänner von großem Interesse. Aber ich konnte mir ebenfalls ausrechnen, daß akonische Agenten mit größter Rücksichtslosigkeit vorgingen, um ihre Interessen und vor allem ihre Sicherheit zu wahren.

Valeries Leben war in diesem Augenblick wahrscheinlich nicht in Gefahr. Wenn wir aber eingriffen oder er uns entdeckte ...

Vor unseren Augen würde er es nicht wagen, Valerie etwas anzutun – hoffentlich.

Ich blieb in Deckung und spähte zu dem keuchenden Mavvion hinüber, der Valerie auf seinen Armen exakt zu jenem verklebten Deckel aus Felstrümmern schleppte, auf den ich gestoßen war. Dort legte er das Mädchen erst einmal ab.

Prüfend blickte er sich um, konnte uns aber nicht sehen – es sei denn, er hatte ähnlich fantastische Augen wie ich. Ein paar Sekunden verharrte er so, dann kniete er nieder.

Ich beugte mich vor und starrte ihm genau auf die Finger, um mitzubekommen, was er dort anstellte. Einige Augenblicke später wurde der Deckel angehoben und drehte sich zur Seite. Eine dunkle Öffnung wurde sichtbar.

Mavvion nahm Valerie wieder auf und begann den Abstieg. Die Prozedur war ziemlich umständlich und dauerte ihre Zeit. Inzwischen schlichen Sheremdoc und ich mit äußerster Behutsamkeit näher. Aus den Augenwinkeln heraus konnte ich sehen, wie Sheremdoc nach seiner Waffe griff und sie schußbereit machte.

»Äußerste Zurückhaltung, wenn ich bitten darf!« zischte ich ihm ins Ohr. »Er hat Valerie!«

»Ich weiß«, antwortete Sheremdoc ebenso leise. »Keine Bange, ich werde schon achtgeben.«

Der Deckel schloß sich wieder.

Nun konnten wir aufrecht gehen und uns dem Einstieg nähern.

Ich legte mich auf den Boden und lauschte. Nichts war zu hören, außer der Musik ringsum, die mich in diesem Augenblick außerordentlich störte. Sie war so laut, daß ich nicht hören konnte, ob etwas unter mir schwache Geräusche machte.

»Wir müssen es wagen«, murmelte Geo Sheremdoc. »Wir haben keine andere Wahl ...«

Ich preßte die Lippen aufeinander und murmelte eine schwache Verwünschung. So hatte ich mir dieses Abenteuer nicht vorgestellt. Daß ich selbst in Gefahr kommen würde, damit mußte man bei den Aufträgen eines Geo Sheremdoc immer rechnen. Allerdings verstand ich mich recht gut auf die Kunst, meinen kostbaren Leib in Sicherheit zu halten. Daß auch Valerie in diese Aktion hineingezogen worden war, paßte mir überhaupt nicht. Wenn ich ihr helfen wollte, würde ich womöglich wirklich etwas riskieren müssen. Für eine junge Frau, die weder mit mir befreundet noch verwandt war. Was für eine elende Zwickmühle – wieder einmal typisch Sheremdoc ...

Ich starrte auf den Boden, stellte meine Optik auf Infrarotbetrieb und stärkste Vergrößerung. Mit diesem technischen Mittel war es nicht schwierig, den Öffnungsmechanismus zu entdecken, den Mavvion benutzt hatte.

Ich wechselte einen raschen Blick mit Geo Sheremdoc. Gern hätte ich ihm die Verantwortung für dies alles zugeschustert, aber Valerie war mein Schützling, nicht der seine.

»Also los!« stieß ich hervor.

Es mußte nur ein winziger, verborgener Schalter betätigt werden, um den Deckel zur Seite gleiten zu lassen. Vor uns wurde eine kreisrunde Öffnung frei, die senkrecht in die Tiefe führte. Von unten her war ein schwacher Lichtschein zu erkennen.

Wir lauschten. Nichts war zu hören. Geo Sheremdoc war der erste, der den Schacht benutzte. Es war ein Antigrav, allerdings ein sehr alter, wie zu sehen war. Und er war offenkundig einmal beschädigt gewesen; die Wände sahen nicht besonders stabil aus.

Offenbar war der Antigravschacht einmal gesprengt, aber von Mavvion wieder freigelegt und benutzbar gemacht worden.

Geräuschlos schwebten Sheremdoc und ich in die Tiefe. Hunderte von Metern, sogar mehrere Kilometer. Ich begann zu ahnen, daß es sich nicht bloß um eine Maschinenhalle für die Planetenmusik handelte, sondern weitaus eher um eine Art Zentrale, von der aus die Musik der Unterwelt für den gesamten Planeten Shahan gesteuert werden konnte.

Dieser Eindruck verstärkte sich noch, als wir das Ende des Schachtes erreichten. Die Luft war muffig, aber gut atembar. Von Mavvion war weder etwas zu sehen noch zu hören. Offenbar hatten wir einen unterirdischen Komplex erreicht, den man auch zu Wohnzwecken hergerichtet hatte – mit beträchtlichem Aufwand, wie zu sehen war. Es gab Schlafräume, Küchen, technische Einrichtungen und jeden erdenklichen Luxus.

»Vermutlich noch aus der Zeit der frühen Arkon-Imperatoren«, murmelte Geo Sheremdoc sehr leise. »Diese Anlage ist Tausende von Jahren alt, vielleicht sogar älter als Atlan.«

Ich nickte knapp. Atlan hätte uns bei der Erkundung dieser Örtlichkeit sicher helfen können, aber er war wie Perry Rhodan seit Jahren mit der BASIS unterwegs. Und wenn es Rhodan und seinem Team gelang, die Gefahren und Probleme an der Großen Leere zu meistern, konnten sie womöglich sogar zur Milchstraße zurückkehren – um sich dann dort mit jenem Problem konfrontiert zu sehen, daß die vermaledeiten Hamamesch von Hirdobaan angerichtet und hinterlassen hatten …

Die Imprint-Sucht von Milliarden von Galaktikern, für die es praktisch keine Chance auf Heilung gab …

Wir bewegten uns weiter, möglichst ohne Geräusche. Ich benutzte meinen Infrarotsinn, um Mavvions Spuren erkennen zu können. Dort, wo er den Boden berührt hatte, war das Material um einige Zehntelgrade wärmer als sonst, für mich gerade noch zu erkennen.

Ich gab Geo Sheremdoc ein Handzeichen, mir zu folgen. Er hielt seine Waffe schußbereit. Daß er damit umgehen konnte – sehr viel besser als ich natürlich –, wußte ich, aber ich hoffte, daß Waffeneinsatz nicht nötig sein würde.

Ich stieß die rechte Hand in die Höhe. Vor uns waren Geräusche zu hören. Unwillkürlich hielt ich den Atem an.

Sehr leise schlichen wir weiter.

Ich legte mich auf den Boden und schob langsam meinen Kopf voran …

Eine große Halle, gespickt mit technischen Geräten aus der Vergangenheit Arkons. In einem Sessel, haltlos und offenbar ohne Bewußtsein, lag Valerie. Mavvion hatte sie dort abgesetzt.

Er selbst stand vor einer Vertiefung im Boden und redete auf jemand ein, der sich offenbar in dieser Grube aufhielt.

» ... mal nicht«, hörte ich ihn sagen. Ich sah und hörte, daß er sich eines Translators bediente. Warum nur? Interkosmo sprach seit einigen tausend Jahren praktisch jedermann in der bekannten Milchstraße.

»Also wag es nicht, mich noch einmal hereinlegen zu wollen«, fuhr Mavvion fort. »Du magst dich noch so anstrengen, mich kannst du nicht geistig beeinflussen, Imperator!«

Ich erstarrte und blickte Sheremdoc an. Imperator? Meinte er einen Imperator von Arkon? Einen der Erhabenen aus der Vorzeit des Großen Imperiums?

Mavvion war beschäftigt. Wir nutzten die Chance, standen auf und betraten die große Halle. Sheremdocs Strahler zielte auf den Rücken des Agenten.

Ich machte eine heftige Gebärde: *Los doch, schieß ihn nieder!* Aber Geo Sheremdoc schüttelte den Kopf. Ich an seiner Stelle hätte nicht gezögert; dieser Mavvion war extrem gefährlich, und ich hätte ihm nicht den Schimmer einer Chance gelassen, womöglich mich anzugreifen und zu töten.

Langsam schritten wir näher heran, bis wir einen halben Meter hinter Mavvion standen. Ich wandte mich zur Seite und wollte mich um Valerie kümmern, aber in diesen Sekunden begann es in meinem Kopf fürchterlich zu pochen und zu dröhnen. Ich unterdrückte mit Mühe einen Schmerzenslaut.

Auch Geo Sheremdoc preßte die Lippen aufeinander.

»Versuch es nur, Imperator«, sagte Mavvion höhnisch. »Ich bin durch einen hypnotischen Block geschützt, mir kannst du nichts anhaben!«

Jetzt wußte ich, wem ich die Kopfschmerzen zu verdanken hatte. Der Imperator versuchte mich auf mentalem Wege zu beeinflussen und zu übernehmen. Ich mußte meine ganze Kraft aufbieten, um ihm zu widerstehen.

»Bist du auch immun gegen dies?«

Geo Sheremdocs Stimme klang laut und scharf durch den Raum. Mavvion zuckte nur ganz kurz zusammen und drehte sich dann sehr langsam herum.

Er schien sich zu amüsieren.

»Sieh an«, sagte er. »Der LFT-Kommissar höchstpersönlich. Welche Ehre für mich.«

Ein schneller, abschätzender Blick traf mich. Offenbar hielt Mavvion mich für unerheblich, das jedenfalls drückte seine Miene aus. Er wandte seine Aufmerksamkeit Sheremdoc zu.

»Ich nehme an«, sagte der LFT-Kommissar ruhig, ohne die Waffen zu senken, »ich habe einen der besten Agenten Akons vor mir. Dyamhehn Mavvion ist dann wohl auch nicht dein richtiger Name.«

Mavvion breitete die Hände aus.

»Was sind schon Namen?« sagte er. Er war mutig, das mußte ich ihm lassen. »Ja, ich arbeite für einige Freunde auf Drorah. Und deren Namen werden dir auch nichts besagen. Die Regierung ist leider nicht unserer Ansicht.«

Sheremdoc trat einen halben Schritt zu Seite, dann einen nach vorn. Er blickte in die Grube.

»Wer ist das?« fragte er. »Und wie hast du ihn gefunden?«

»Imperator Yobilyn«, antwortete der Akone gelassen. »Und gefunden habe ich ihn durch einen Zufall. Und mit Geduld.«

»Und mit welcher Absicht?«

Mavvion grinste unverschämt.

»Du weißt es nicht, Sheremdoc?«

»Noch nicht«, antwortete der LFT-Kommissar kalt. »Aber du wirst es mir sagen!«

Ich kümmerte mich unterdessen um Valerie. Sie war betäubt worden, aber es ging ihr gut – soweit man das von einer imprint-süchtigen jungen Frau überhaupt sagen konnte.

»Musik hat eine große Gewalt über Menschen«, plauderte Mavvion. »Hier auf Shahan wirkt sie beruhigend, friedlich und heilend – jedenfalls so, wie sie sich dem Ohr darbietet. Aber irgend etwas mußte diese Klänge erzeugen, das ist ja offenkundig. Und wenn man die Zentrale dieser Klänge findet und sie ein wenig umprogrammiert ...«

Jetzt ahnte ich, mit welchem Auftrag er nach Shahan geschickt worden war. Es war ein Plan von satanischer Tücke. Mavvion hatte vorgehabt, die Klänge der Unterwelt in seinem Sinne – oder dem seiner Auftraggeber – zu ändern. Deswegen hatte er so lange nach der zentralen Steuerung gesucht. Wäre er erfolgreich gewesen, hätte er Shahan mit einem musikalischen Alptraum heimsuchen können – mit Klängen, die auf die Süchtigen in ihrem Zustand verheerend gewirkt hätten. Wahnsinn, Aggression bis hin zum Mord – er hätte Shahan in ein Inferno verwandeln können, das Hunderttausende von führenden Galaktikern den Verstand oder das Leben hätte kosten können. Und selbstverständlich hätte die galaktische Öffentlichkeit der Führung der LFT dafür die Verantwortung zugeschoben, schließlich war Shahan auf deren Initiative hin zum Internierungsplaneten für die VIPs geworden.

»Gut geplant!« stieß Geo Sheremdoc grimmig hervor. Seine Gesichtszüge wirkten hart, wie gemeißelt. Ich sah, wie sich seine Handmuskeln anspannten. *Nun schieß doch!*

Mavvion deutete auf die Grube.

»Daß der Erschaffer dieser Anlage noch leben würde, damit hatte ich nicht gerechnet«, fuhr der Akone fort. Er schien sich seiner Sache ganz sicher zu sein. »Auch nicht damit, daß er im Laufe der Jahrtausende im Tiefschlaf – des Körpers, nicht des Geistes – einige Fähigkeiten erworben hatte, seinen Willen anderen aufzuzwingen. Bei geistig gesunden Menschen schafft er das nicht, es kommen nur Kopfschmerzen dabei heraus, aber bei den mental angeschlagenen Süchtigen ist die Wirkung anders.«

»Du hast zwei Süchtige hierher gebracht? Die beiden, die inzwischen tot sind?«

»Richtig geraten, schlauer LFT-Kommissar. Yobilyn hat sie geistig übernommen, aber er hat es nicht in der Weise getan, wie ich es ihm aufgetragen hatte.«

»Und deswegen hast du sie umgebracht?«

Mavvion machte eine heftige Geste der Verneinung.

»Das habe ich nicht«, widersprach er. »Ich habe Agenten angeworben und eingeschleust, aber ich habe niemals jemanden getötet. Sie haben sich selbst umgebracht, sobald sie eine Chance dazu hatten und allein waren.«

»Selbst erdrosselt? Sich selbst mit einer Picke erschlagen?« fragte Sheremdoc ungläubig.

Neben mir erklang ein leises Ächzen. Valerie kam langsam wieder zu sich. Sie war blasser als sonst, ihr Körper zuckte in unkontrollierbaren Krämpfen.

»Ich nehme an, daß dies nicht ihr Wille gewesen ist«, sagte Dyamhehn Mavvion grimmig. »Der Alte wird sie in den Tod getrieben haben. Oder sie haben sich selbst getötet, um seiner Herrschaft über ihr Denken und Fühlen entrinnen zu können. Ich weiß es nicht.«

Jetzt verstand ich, warum die Toten anders ausgesehen hatten als zu ihren Lebzeiten. Der fremde Wille, der sich in ihre Gehirne eingefressen hatte, hatte sich auch körperlich ausgeprägt, zum Beispiel ihre Gesichtszüge verändert.

Valerie stand langsam auf. Ihre Lippen zitterten heftig, ihre Hände waren verkrampft. Sie hatte sie gegen die Schläfen gepreßt. Ich ahnte, was sich abspielte. Yobilyn setzte seine ganze Geisteskraft ein, jetzt ihre Psyche zu übernehmen und zu manipulieren.

»Valerie!« schrie ich auf.

Mavvion grinste siegessicher.

Und im gleichen Augenblick meldete sich Geo Sheremdocs Interkom am Handgelenk.

Mavvion zuckte zusammen, aber Sheremdoc ließ sich nicht so leicht übertölpeln. Seine Waffe blieb auf den Akonen gerichtet, der nicht wagte, den LFT-Kommissar anzugreifen. Während dessen taumelte Valerie auf die Grube zu. Ich versuchte sie aufzuhalten, aber sie entwickelte unglaubliche Kräfte. Wenn ich sie nicht ernstlich verletzten wollte, konnte ich kaum etwas unternehmen.

»Hier Sheremdoc!«

»Eine wichtige Botschaft, Kommissar!« Ich erkannte die Stimme von Krehn Fossert wieder. »Perry Rhodan ist zurück. Er fliegt gerade mit einer Space-Jet Shahan an. Und er hat aus der Galaxis Hirdobaan ein technisches Gerät mitgebracht, daß die verdammte Sucht schnell und wirkungsvoll heilen kann. Damit haben wir es geschafft.«

Ich sah, wie Geo Sheremdoc die Lippen aufeinanderpreßte und tief Atem holte. Ganz so gefühlskalt, wie er sich oft gab, war er also nicht. Ich sah, daß seine Augen feucht zu glänzen begann. Wobei mir zumindest nicht klar war, wie Rhodan es nach Hirdebaan geschafft hatte.

Genau diesen Augenblick hatte sich Mavvion für seinen Angriff ausgesucht. Er stürzte nach vorn, und mit der ersten Bewegung drosch er Sheremdocs Waffenhand zur Seite. Er tat es wirkungsvoll. Der Strahler fiel aus Sheremdocs Hand und schlitterte über den Boden.

Jetzt war ich an der Reihe. Ich setzte mich in Bewegung und stürzte mich auf Mavvion – genau in dem Augenblick, in dem auch Sheremdoc zum Gegenangriff ansetzte.

Das Ergebnis war eine mittlere Katastrophe. Ich prallte mit Sheremdoc zusammen, gleichzeitig versetzte mir Mavvion einen furchtbaren Fausthieb in die Magengrube. Aufschreiend vor Wut und Schmerz stürzte ich mit Sheremdoc zu Boden. Bevor wir uns aufrappeln konnten – zuerst mußte sich Sheremdoc von der Last meines Körpers befreien – hatte Mavvion die Flucht ergriffen. Ich sah ihn gerade noch aus der großen Halle verschwinden.

»Valerie!« schrie ich erschreckt auf. »Tu das nicht!«

Valerie war in die Grube hinabgestiegen und näherte sich einem Schaltpult. Ich wußte nicht, was sie vorhatte – oder was der Imperator, der ihr seinen Willen aufgezwungen hatte, mit ihr geplant hatte. Sie bewegte schnell die rechte Hand. Ein leises Klicken war zu hören.

»Ich kümmere mich um Mavvion«, sagte Geo Sheremdoc schnell und machte sich an die Verfolgung. Er hatte offenbar nicht mitbekommen, daß Valerie die rechte Hand nach seiner Waffe ausgestreckt hatte.

Ich rief ihren Namen und rappelte mich auf. Zu spät ...

Der Boden unter uns begann zu vibrieren, sehr heftig, so daß ich Mühe hatte, auf den Beinen zu bleiben.

»Jetzt gehorcht Shahan wieder mir«, hörte ich Valerie mit hohler Stimme sagen. »Und ich werde Rache nehmen.«

Valeries rechte Hand schwang herum. Es war eine schmalgliedrige, kleine Hand, aber sie hielt eine Waffe und brauchte nur einen Finger zu krümmen, um mich über den Haufen schießen zu können.

»Valerie!« schrie ich. »Nicht schießen, bitte!«

Ihr Gesicht verriet, daß Appelle an ihre Menschlichkeit völlig vergebens waren. Wieder erbebte die Erde. Ich ahnte, daß Yobilyn damit begonnen hatte, die ungeheure Maschinerie dieser Unterwelt in seinem Sinne einzusetzen. Valerie hatte diesen Teil der Anlage mit einem Handgriff gerade eingeschaltet, nachdem sie wahrscheinlich Jahrtausende lang teilweise desaktiviert gewesen war.

»Valerie, gib mir die Waffe, bitte! Ich tausche sie gegen einen roten Plonk!«

Etwas Besseres fiel mir in meiner Angst nicht ein. In meiner Erinnerung kochte das Grauen hoch, der Strahltreffer, der mich vor vielen Jahren verletzt hatte. Die Schmerzen von damals hatte ich inzwischen verdrängt, aber jetzt kehrten sie zurück und machten mich vor Grauen und Angst fast wahnsinnig.

»Valerie, der Plonk! Dein roter Plonk!«

Einen Rest eigenen Willens hatte sie noch, und dieser Rest ließ sie in bißchen zögern.

Es hatte nichts mit Mut zu tun, gar nichts, es war die pure Verzweiflung, die mich agieren ließ. Ich stürmte nach vorn, riß Valerie die Waffe aus der Hand. Sie schaffte es trotzdem, noch einen Schuß abzugeben.

Ein Streifschuß nur, der meinen linken Fuß traf und einen irrsinnigen Schmerz in meinem Körper entstehen ließ. Ich bekam trotzdem, kaum mehr bei Verstand, die Waffe zu packen.

Und dann drückte ich ab …

12.

Ich winselte, wimmerte und stöhnte, aber Geo Sheremdoc ließ sich davon überhaupt nicht beeindrucken. Er zerrte mich weiter.

Mavvion war ihm entwischt, und er war zurückgekehrt, um mich und Valerie zu holen. Rücksicht auf meine Schmerzen konnte er dabei nicht nehmen, und ihn störte auch nicht der widerwärtige Gestank nach verschmortem Fleisch.

»Später«, flehte ich ihn an. »Laß mich liegen. Bring Valerie in Sicherheit, dann kannst du zurückkommen. Und bring ein ultrastarkes Schmerzmittel mit, bitte! Sei ein Mensch, Sheremdoc! Wenigstens einmal!«

»Genau deswegen lasse ich dich nicht zurück, Chambers«, zischte Sheremdoc. Er war kräftig und durchtrainiert, aber er hatte trotzdem Schwierigkeiten, meine Körpermasse zu bewegen. Valerie, noch immer von einem körperlichen und seelischen Schock benommen, folgte uns. »An der Oberfläche ist die Hölle los. Wenn ich dich zurücklasse, wirst du hier umkommen!«

Hinter uns war das Dröhnen und Krachen von Explosionen zu hören. Wie es dazu gekommen war, wußte ich nicht. Ich hatte auf den konservierten Körper des Imperators geschossen, und danach war in seiner Tiefschlafanlage eine Serie von Explosionen losgegangen. Wahrscheinlich hatten die Ladungen irgendwo in seinem Körper gesteckt.

Ich schrie abermals, als Sheremdoc mit mir die Oberfläche erreichte und mich erst einmal auf dem Boden ablegte.

»Was ist los?« ächzte ich.

»Ich weiß nicht!« schrie Geo Sheremdoc. »Zuerst hat Yobilyn den Planeten losgehen lassen, aber nach seinem Tod hat sich alles wieder beruhigt. Doch jetzt ...!«

Valerie stand ein paar Schritte entfernt und blickte hinüber zu dem Vulkan. Ich sah, wie sie zu lächeln begann. Und dann schoß eine Lavasäule kilometerhoch aus dem Vulkan; rotes Glutlicht erhellte die Landschaft und zeigte mir riesige Brocken Felsgestein und Lava, die überall herunterkam.

»Jaaaaa!« stieß Valerie hervor und riß die Hände in die Höhe. Und wieder spie der Vulkan Feuer und Asche.

»Ich hole den Gleiter!« rief Sheremdoc. »Das geht schneller!«

Er rannte los und ließ und zurück. Ich sank zusammen, wimmerte leise vor mich hin. Valerie zeigte sich davon gänzlich unbeeindruckt; sie hatte nur Augen für den Vulkan, der eine Eruption nach der anderen freisetzte.

Zu hören waren nicht nur diese grollenden und tobenden Explosionen; darüber lagen Klänge, die nichts Natürliches mehr an sich hatten. Brüllend laut schallte es über die Oberfläche von Shahan, Töne, die nach Schmerz und Wut und nach entfesseltem Vernichtungswillen klangen. Und es war offenbar Valerie, die dieses Höllenspektakel entfesselte.

Der Imperator konnte es nicht sein, der war tot. Aber noch funktionierte die ungeheure Maschinerie, die einen ganzen Planeten, seine Wälder, seine Berge und seine Ozeane, zum Spielzeug seines Willens gemacht hatten. Wahrhaftig, er hatte sich diese Welt untertan gemacht mit enormem technischem Aufwand.

Aber jetzt gehorchte diese Welt nicht mehr ihm; die Maschinerie, so wurde mir mit einem Schlag klar, war in Wechselwirkung getreten mit allen, die darauf lebten. Es war Valerie, die ihre Einsamkeit, ihren Schmerz und den Wahnsinn ihrer Sucht, mit Hilfe dieses Vulkans austobte und dabei keinerlei Hemmungen mehr kannte.

Und zur gleichen Zeit, das war anzunehmen, würden

Hunderte, Tausende, Zehntausende von anderen Süchtigen erwachen, und Shahan würde mit seinen Mitteln auch auf deren Bedürfnisse reagieren. Und dieses Repertoire war gewaltig. Erdbeben, Stürme mit Geschwindigkeiten von mehreren hundert Stundenkilometern, Flutwellen in Gebirgshöhe, Waldbrände, Gewitter und Schneeorkane – alles dies würde über Shahan und seine Bewohner hereinbrechen. Niemand war imstande, diese Vernichtung aufzuhalten – ganz bestimmt nicht die Süchtigen, die nicht mehr Herren ihres Verstandes und ihres Willens waren.

Anstatt die Katastrophe aufzuhalten, hatten wir sie gerade erst zum vollen Ausmaß entfesselt. Der Planet war nun zum Spielzeug seiner Bewohner geworden; er machte, was sie ihm auftrugen. Eine vollständigere Herrschaft des Menschen über eine Welt war nicht vorstellbar. Einen einzelnen Tyrannen wie Yobilyn konnte man vielleicht stoppen, aber wenn die Bevölkerungsmehrheit ihre Sensationsgier auf diese zerstörerische Weise auszutoben beliebte, war rein gar nichts mehr zu machen.

Ich sah, wie die Scheinwerfer des Gleiters rasend schnell herankamen. Sheremdoc stoppte neben mir.

»Mach schnell!« rief er. »Wir haben nicht mehr viel Zeit!«

Er stieg aus, packte mich und beförderte mich auf einen der Sitze. Ich schrie vor Schmerz und Angst, aber das kümmerte ihn nicht. Dann lief er hinüber zu Valerie, wollte auch sie packen und an Bord schaffen.

Aber das Mädchen setzte sich zur Wehr. Ein Erdstoß riß Sheremdoc von den Beinen, er krachte auf den Boden, rappelte sich mühsam wieder hoch. Von den Flanken des Vulkans schob sich ein breiter, weißrot grellender Lavastrom auf uns zu.

»Gib's auf, Sheremdoc!« rief ich ihm zu. »Du wirst

den Untergang nicht mehr aufhalten können. Es ist vorbei. Shahan und alle Bewohner werden untergehen und verrecken. Und wir mit ihm.«

»Ich gebe nie auf«, stieß Geo Sheremdoc hervor .»Niemals!«

Ich spürte, wie der Sturm sich zusammenbraute; die ersten kalten Winde fegten über das Land, rüttelten an dem Gleiter und knickten die ersten Bäume. Und all dies wurde nicht nur von den unvermeidlichen Geräuschen begleitet, sondern auch von den Gesängen des Wahnsinns, ausgespien von der Unterwelt Shahans. Diese Klänge allein waren imstande, einen Menschen in den Wahnsinn zu treiben, und genau das schienen sie nun zu tun.

Sheremdoc stürzte abermals, auch Valerie kippte um, und für ein paar Augenblicke wurde der Vulkan schwächer. Aber immer noch schwankte der Gleiter hin und her. Ich flog von einer Seite zur anderen, mein Schreien mischte sich in das akustische Chaos.

Es konnte jetzt nicht mehr lange dauern …

Vom Blitz erschlagen, von Sturzbächen ersäuft, von der Lava verschmort – es gab viele Möglichkeiten des Sterbens. Ihnen gemeinsam war, daß es nicht mehr lange bis dahin währen konnte.

Und dann merkte ich, wie mir gnädigerweise die Sinne schwanden – wenigstens würde ich es nicht bewußt erleben müssen …

13.

Zuerst glaubte ich, es wäre der Himmel …

Nichts tat mehr weh, gar nichts. Mir war ruhig und friedlich zumute. Ich lag auf dem Rücken, atmete ruhig und gleichmäßig und hoffte darauf, daß mir ein Engel – am besten ein brünetter Engel, in einem hautengen Kleid – einen fünfstöckigen Drink bringen würde.

»Er wird wach!«

Ich öffnete die Augen – und es war die Hölle.

Ich hätte es wissen müssen. Ein Kerl wie ich hatte die ewige Seligkeit nicht verdient. Dafür hatte ich im Leben zuviel an Dummheiten angestellt, zu viele Lastern gefrönt und mich immer wieder weidlich lustig gemacht über alle denkbaren Religionen. Aber gleich die Hölle …

Sie waren zu sechst und starrten mich an.

»Das glaub' ich einfach nicht«, murmelte ich schwach. »Dies muß die Hölle sein.«

»Verdient hättest du sie«, bemerkte Geo Sheremdoc grinsend. »Aber darauf wirst du noch ein bißchen warten müssen.«

Ich streckte ihm die Zunge hinaus – und zog sie schnell wieder zurück. Neben Sheremdoc stand ein Arkonide und grinste mich dreist an. Für zwölftausend und mehr Lebensjahre sah er noch ganz manierlich aus, jedenfalls besser als jener Yobilyn, dessen Tötung – ich gebe es zu – mein Gewissen nicht sonderlich belastete.

Neben Atlan stand ein hagerer Terraner, der ein sehr zufriedenes Gesicht machte.

»Falls ihr es noch nicht wißt, der Bursche mag euch nicht!«

Klar, daß das lebende Plüschtier seine Telepathie wieder einmal fürs Petzen einsetzen würde. Ich wußte schon, warum ich mit Gucky nichts zu tun haben wollte, mit seinem Oberboß Perry Rhodan schon gar nicht.

»Ich werde es überleben«, sagte Perry Rhodan lächelnd. Das Lächeln galt mir, ich konnte es kaum glauben.

»Und was kommt jetzt?« fragte ich. »Vorhaltungen, Beschwerden, kluge Kommentare?«

»Was du willst«, antwortete Perry Rhodan. »Eigentlich wollten wir uns nur bei dir bedanken, für die Rettung Shahans.«

Gucky kicherte albern. »Er glaubt wirklich, daß er allein den Planeten gerettet hat«, plauderte er aus. »Orpheus Chambers, der Retter der Galaxis.«

»Den Ruf werde ich dir nicht streitig machen«, sagte ich wütend. »Kann ich jetzt bitte etwas zu trinken bekommen? Keine Milch, klar?«

Jemand drängte sich mit einem gutgefüllten Glas an Geo Sheremdoc vorbei. Auf den ersten Blick erkannte ich sie kaum wieder. Sie hatte eine andere Frisur, sie trug andere Kleidung, aber es war noch unverkennbar Valerie. Vor allem geändert hatte sich ihr Gesicht. Sie sah ausgesprochen fröhlich aus.

Neben ihr stand eine Frau, in der ich sofort Valeries Mutter erkannte. Lange dunkle Haare, dunkelbraune Augen in einem sehr weißen Gesicht, kirschfarbene Lippen, die sanft lächelten. Eine tolle Figur, eingehüllt in ein enges Gewand – natürlich in Schwarz. Ein Satansweib. Vermutlich eine uneheliche Tochter Satans.

»Ich wußte, daß du danach rufen würdest«, sagte Valerie und gab mir das Glas in die Hand. Es war keine Milch. *Es war Kräutertee!* Also doch die Hölle.

»Was ist passiert?« fragte ich nach dem ersten, heruntergewürgten Schluck. »Wieso seid ihr alle hier?«

»Wir haben uns beeilt«, behauptete Perry Rhodan freundlich. »Zum Glück hatten wir Gucky dabei, sonst hätte es sehr kritisch werden können. Gucky hat euch telepathisch angepeilt und sofort begriffen, worum es ging. Er hat sich eine starke Ladung besorgt und ist damit hinunterteleportiert in die Zentrale. Dort hat er die Ladung hochgehen lassen, und damit ist es buchstäblich still geworden auf Shahan. Yobilyns Musikmaschine existiert nicht mehr.«

Ich erinnerte mich an das, was wir dort unten zurückgelassen hatten, und blickte Gucky an. Da noch einmal hinunter zu gehen und eine Bombe abzusetzen, war ein Job, den ich nicht gern übernommen hätte. Das war garantiert extrem gefährlich gewesen, sogar für ein telepathisch, telekinetisch und teleportativ begabtes Wesen aus dem Volk der Ilts.

»Danke«, piepste Gucky, als ich in meinem Gedanken bei dem Begriff Hochachtung angekommen war.

»Und was ist aus Mavvion geworden?«

»Er ist in den Lavastrom geraten«, verriet Geo Sheremdoc.

»Damit war die größte Gefahr für die Patienten auf Shahan erst einmal gebannt«, fuhr Perry Rhodan fort. »Mit den technischen Mitteln, die wir aus Hirdobaan mitgebracht haben, konnten wir uns anschließend dem Problem der Imprint-Sucht widmen. Mit Erfolg, wie du sicherlich schon an Valerie bemerkt hast.«

Technische Mittel, die wir aus Hirdobaan mitgebracht haben …

Ich hätte gern gewußt, was für haarsträubende und gefährliche Abenteuer sich hinter diesen wenigen Worten verbargen. Vermutlich eine dieser typischen Rhodan-Geschichten, die einfach wahr sein müssen, weil kein normaler Mensch so etwas lediglich erfinden kann.

»Wie geht es dir, Valerie?« fragte ich. Erst als ich mich im Bett bewegte, stellte ich fest, daß sich mein linker Fuß anders anfühlte als früher. Aber ich wollte in diesem Augenblick gar nicht so genau wissen, was die Medo-Techniker wieder mit mir angestellt hatten.

Valerie lächelte sanft. »Gut«, sagte sie leise. »Sogar sehr gut.« Sie wandte den Blick und blickte auf Perry Rhodan. »Dank eurer Bemühungen hat es wenigstens meine Mutter geschafft, gesund und wohlbehalten zurückzukehren.«

Perry Rhodan machte eine leise abwehrende Geste. »Wir hatten sehr viel Glück«, sagte er. »Aber nicht grenzenlos viel. Es tut mir leid um deinen Vater, Valerie.«

Der Tee schmeckte im zweiten Anlauf gar nicht einmal übel. Aber ein richtiger Drink wäre mir lieber gewesen. Nun ja, dazu war Zeit, wenn ich meinen Besuch erst herauskomplimentiert hatte.

»Wie lange habe ich hier gelegen?« wollte ich wissen.

»Drei Wochen«, antwortete Atlan grinsend.

Ich hätte gern gewußt, worüber er sich derartig amüsierte. Gucky feixte ebenfalls und zeigte sein Markenzeichen, den Nagezahn. Wie ging noch dieser alte Fluch: *›Alle Zähne sollen dir ausfallen, bis auf einen – für Zahnschmerzen‹*.

»Das hättest du wohl gerne«, meinte Gucky kichernd.

»Drei Wochen, um einen lausigen Streifschuß zu kurieren? Und das bei den Möglichkeiten der heutigen Medizin?«

Perry Rhodan wiegte den Kopf. »Wir haben, dein Einverständnis vorausgesetzt, ein wenig mehr tun lassen, sozusagen als Dankeschön für deinen Einsatz.«

»Mehr?« Mir erstickte beinahe die Stimme. »Was mehr? Was habt ihr mit mir gemacht.«

»Nicht viel«, beteuerte Geo Sheremdoc. »Nur das nötigste.«

Das klang sehr besorgniserregend.

»Was genau?«

»Nun«, begann Sheremdoc gedehnt. »Wir haben dich ein bißchen entfettet. Du wiegst jetzt dreißig Kilo weniger als vorher.«

»Ihr hab mich ausgehungert«, klagte ich. »Schandbuben, elendige!«

»Außerdem haben wir deine frühere Haarpracht wiederhergestellt und die kleinen Narben in deinem Gesicht entfernen lassen. Deine Haut sieht jetzt wieder ganz normal aus. Wir haben deine Arterien durchgespült und daraus sämtliche Ablagerungen entfernen lassen. Herzprobleme und Kurzatmigkeit gehören der Vergangenheit an. Alles in allem wirkst du jetzt mindestens vierzig Jahre jünger als vorher.«

Ich starrte ihn entgeistert an.

»Seid ihr wahnsinnig geworden?« schrie ich auf. »Was soll das? Jetzt bin ich völlig normal! Was soll ich damit? Ihr habt meine Einzigartigkeit, mein Markenzeichen zerstört. Kein Mensch wird mich wiedererkennen, wenn er mich zu sehen bekommt.«

»Wäre das so schlecht?« fragte Valerie. »Du bist jetzt unwiderruflich ein Held, und dann mußt du auch so aussehen. Ich möchte, daß du Eindruck machst, wenn wir zusammen in der Öffentlichkeit zu sehen sind.«

Ich kniff mißtrauisch die Augen zusammen.

Valerie lächelte wieder, sehr sanft und freundlich. Es stand ihr nicht schlecht. Und neben ihr stand ihre Mutter, die verteufelt gut aussah und lächelte – in meine Richtung. Mir brach der Schweiß aus, wenn ich daran dachte ... Lieber nicht! Dann wurde mir klar, daß sie für den Rückflug nach Hirdobaan einige Jahre gebraucht hatte, Zeit genug also, um über einen Trauerfall hinwegzukommen und sich anders zu orientieren.

»Ich bin zwar in den letzten Jahren nicht klar im Kopf gewesen, wegen der Sucht«, sagte Valerie und blickte mich dabei eindringlich an. »Aber ich habe nicht vergessen, was du für mich getan hast. Jetzt brauche ich dich und deine Hilfe zwar nicht mehr, und wenn du willst, kannst mich wegschicken und mich vergessen ...«

»Na, na!« protestierte ich schwach.

»Dann bleiben wir also Freunde?«

Rhodan stand da, Atlan stand da, Geo Sheremdoc starrte mich an, und im Hintergrund grinste Gucky vor sich hin. Und Valeries Mutter, die Schwarze Witwe, lächelte. Da konnte ich doch schlecht ›Nein‹ sagen.

»Selbstverständlich«, würgte ich hervor.

»Wie schön«, meinte Valerie zufrieden. »Außerdem bist du mir ja noch etwas schuldig.«

Ich furchte die Stirn. »Ich dir?« fragte ich verblüfft. »Und was?«

»Du hast es mir versprochen«, behauptete sie. »Unten, in der Anlage. Erinnerst du dich?«

»Kein bißchen«, sagte ich schnell.

»Du hast mir einen roten Plonk versprochen«, erinnerte mich Valerie amüsiert.

»Da hast du mit einer geladenen und entsicherten Waffe auf mich gezielt«, fiel mir gerade noch rechtzeitig ein »Das zählt nicht.«

»Da bin ich ganz anderer Meinung«, widersprach mir Valerie. »Du hast es versprochen, und ein Ehrenmann hält seine Versprechen, nicht wahr, Gucky?«

»Immer und jederzeit«, stimmte Gucky sofort zu.

»Ich bin kein Ehrenmann«, protestierte ich. »Nie gewesen. Außerdem gibt es meines Wissens überhaupt keinen roten Plonk.«

»Vielleicht doch«, warf Perry Rhodan ein. »Man muß nur danach suchen. Und die Gelegenheit dazu werden wir dir verschaffen. Wenn du willst, kannst du von uns den offiziellen – und natürlich bezahlten – Auftrag bekommen, auf den interessantesten Welten der Galaxis nach einem roten Plonk zu suchen.«

Valerie lächelte wieder sanft. »Na? Einverstanden?«

Mir kam eine sehr gute Idee.

»Meinetwegen«, antwortete ich. Und grinste. »Dann bin ich jedenfalls für ein paar Jahre davor sicher, wieder einen von diesen Aufträgen von Geo Sheremdoc übertragen zu bekommen.«

»Haben dir diese Abenteuer keinen Spaß gemacht?« fragte Sheremdoc heimtückisch. »War es vielleicht nicht spannend und aufregend? Hast du es nicht genossen?«

»Unter Genuß stelle ich mir etwas anderes vor«, konterte ich. »Und was das Erretten von Galaxien angeht, überlasse ich das lieber den Leuten, die sich dafür berufen fühlen.«

Damit wollte ich es genug sein lassen.